Jens Korbus

Traum aus dem Kopf

Bibliografische Information der Deutschen Nationalbibliothek: Die Deutsche Nationalbibliothek verzeichnet diese Publikation in der Deutschen Nationalbibliografie; detaillierte bibliografische Daten sind im Internet über http://dnb.dnb.de abrufbar.

1. Auflage © 2019 Jens Korbus, 56072 Koblenz

Covergemälde: Hanns Lansch „Paar"
Cover und Layout: Manuela Wirtz, www.manuwirtz.de

Herstellung und Verlag: BoD – Books on Demand, Norderstedt

ISBN: 978-3749451074

Jens Korbus

Traum aus dem Kopf

Kapitel 1

Vor nicht allzulanger Zeit gehörte es zum guten Ton, den Glauben an Kräfte, die dem Verstand nicht Stand halten konnten, zu belächeln.

Ich erzähle hier eine Geschichte, die sich vor ein paar Jahren ereignet hat. – Ich will zu Anfang ein paar Sätze von meinem russischen Coach zitieren, der nach Amerika ausgewandert ist: „I Man, I God, I Creator, subordinate servant and prime entity, unity within the multiple repetitions of the many, ... I love, I hate, I forgive, I forget, I give and I take."

Ein Mädchen saß in der ersten Reihe des Hörsaals, in dem ich Philosophie dozierte, weil sie angeblich kurzsichtig war. Schlank, mit langen braunen Haaren und einem etwas zu spitzen Kinn. Ich hatte in den letzten Wochen das Gefühl gehabt, dass sie sich auf mich während der Vorlesung konzentrierte. Ich hatte im Telefonbuch nachgesehen, da standen ihre Nummer und Adresse, ein Hochhausblock nicht weit von der Uni. Ich hatte jeden Tag fast zehnmal bei ihr angerufen, ohne zu wissen, was ich dann sagen würde. Aber zum Glück meldete sich niemand. Schließlich habe ich sie im Mallerather Schwimmbad getroffen, mit dem Kind einer Bekannten auf den Knien. Sie hatte mir gesagt, dass sie die Telefonnummer gewechselt hätten, weil sie dauernd Anrufe Unbekannter bekamen, sie und ihre Mutter, mit der sie zusammenlebte. Ich lud auf sie der kleinen Schwimmbadterrasse zu Kaffee und Gebäck ein, dann – wir waren beide im Badeanzug – zum Essen beim Vietnamesen nächsten Samstag. Sie zögerte keine Sekunde, ja zu sagen. Sie wartete schon an der Bushaltestelle vor dem Häuserblock, und ich erinnerte mich, dass sie mir im Schwimmbad ein Kompliment über meinen Körper und meine Bräune gemacht hatte. – Wir fanden den Vietnamesen in Bad Cann, möglichst weit weg von Alt-Muhl. Sie nahm das teuerste Gericht und redete beim Essen unverschämt ordinär. Ich konnte gar nicht glauben, dass ich diese Studentin vor mir hatte, die so schnell im Kopf war und denken und schreiben konnte. – Vielleicht nahm sie sich in der Uni zusammen. Sie bestellte Ente „Chop Suey" (geröstet) mit Gemüse und Soße. Ich nahm daraufhin die Peking-Ente. Die Bedienung schaute ab und zu mit einem diskreten wissenden Lächeln nach uns. Fabiennes Gerede schien mir die Sache leicht zu machen. – Vom Nachbartisch blickte ein Mann zu uns herüber, den sie zu kennen schien. Da schaute sie schnell weg. Sie sah schmal und dünn aus in ihrem weiten, weiß-blau-gestreiften Hemdblusenkleid. Aber durch dieses weite Kleid wirkte ihr Körper trotzdem fülliger. Ich fragte sie, ob sie noch Lust habe, bei mir einen Sangria zu trinken. Sie hatte Lust. Oben in meiner Wohnung setzte sie sich sofort auf meinen angestammten Platz auf dem Sofa, schlürfte von dem vorbereiteten Rotwein mit Zitrone, dann fragte ich, ob wir etwas Fernsehen schauen sollten. Der Fernseher stand im

Schlafzimmer. Gleich vor dem großen Doppelbett. Wir legten uns angezogen auf dieses Bett, und ich legte einen Hitchcock ein, sie kam mir mit der Zunge ein bisschen entgegen, stieß mich dann aber zurück. Mehr ließ sie nicht zu. SIE hatte jetzt das Heft in der Hand. Dass also war das Mädchen, das mich über Wochen lang so magisch angezogen hatte. Später gab sie zu, dass sie in der Vorlesung alle gedankliche Kraft auf mich konzentriert hatte. Es gab so etwas, ich hatte es ja selbst bei Bruloff gelesen, dem ich bei der nächsten Sitzung davon erzählen würde. Ich fuhr sie dann nach Hause und hatte ein schlechtes Gewissen. Sie würde ihrer Mutter, mit der sie zusammenlebte, bestimmt alles erzählen. Aber sie hatte mich ja herausgefordert, wenn auch auf eine ungewöhnliche, okkulte Art. Ich musste an die amerikanische Schauspielerin Sissi Spacek denken, die in ihren Filmen ganze Menschengesellschaften und Persönlichkeiten ins Wanken brachte. Das Gesicht und die Persönlichkeit von Sissi Spacek hatte ich eine ganze Zeit lang sehr bewundert. Jetzt bemerkte ich, dass Fabienne ihr ähnlich sah. Fabienne Melsdorf. Ich hatte sie gefragt, was ihr Vater mache. Und sie hatte geantwortet: „Ja, wenn ich das wüsste!" Ihr Vater war abends zum Kiosk gegangen, um sich eine Zeitung zu kaufen und dann nicht mehr zurückgekommen. Das lag jetzt drei Jahre zurück. Sie war damals neunzehn gewesen und musste bei einer Pflegefamilie unterkommen, weil ihre Mutter bei der Deutschen Bank als Telefonistin das Geld verdienen musste. Jemand, der einfach so verschwand, das war damals schon ungewöhnlich.

Ich war mit meinen über dreißig Jahren als Dozent bestimmt nicht zu alt für eine Zweiundzwanzigjährige, die im dritten Semester Philosophie an der Universität Alt-Muhl studierte.

Ich war in der Zeit mit einer erwachsenen Frau zusammen, die drei Jahre älter war als ich! – Sie brachte mir fast jeden zweiten Tag allerlei Vorgekochtes ins Haus, einmal Koteletts mit Kartoffelgratin, ein anderes Mal Gemüseauflauf. Sie massierte mich. Sie stellte sich nicht dumm an, und ich wusste, was ich an ihr hatte. Einmal waren wir zusammen ein paar Tage in Scheveningen gewesen, ich hatte aber die Nähe nicht ausgehalten. Sie hatte eine gute Figur, einen schönen Busen und zeigte alles in ihren hautengen Badeanzügen. Auf der Rückfahrt in meinem neuen Golf konnte ich nicht schnell genug nach Hause kommen. In dieser Zeit lernte ich also Fabienne kennen. Ines merkte bald, dass ich zweigleisig fuhr und zog sich langsam zurück. Jetzt hatte ich nur noch diese Unbeziehung mit meiner Studentin, die wollte und doch nicht wollte. Auch mit einer Griechischassistentin meiner Uni traf ich mich ein paar Mal. Sie war klein und zierlich. Sie kochte ungesund, viele Mehlspeisen, und so trafen wir uns meistens, ohne zu essen. Sie wohnte auch in einem Hochhaus, und wenn ein Hitchcock-Film lief, sahen wir ihn, nebeneinander auf ihrem Bett liegend, an. – Aber langsam begann diese okkulte Freundin (oder wie soll man sie sonst nennen?) Malina auch zu verdrängen. Es ergab sich einfach, und die Griechischassistentin heiratete einige Jahre später einen anderen Verehrer. – Ich hatte ein paar Fotos von ihr gemacht, wie sie in Dessous auf meinem IKEA-Stuhl sitzt. Die Fotos schaute ich viele Jahre später an, aber die Erinnerung kam nicht zurück.

KAPITEL 2

Zwei Wochen nach unserem Essen beim Vietnamesen traf ich auf der Straße den Mann, der sie beim Essen so unverwandt angestarrt hatte. Er hielt mich an und stellte sich vor. Er hieß Leyhausen und war Kriminalkommissar. Er erzählte mir, dass man nach Fabiennes verschwundenem Vater suchte und dass sein Verschwinden eine zwielichtige Sache sei. Er habe seine Konten leergeräumt und sei nicht mehr aufgetaucht, ob ich etwas wüsste? Ich sagte, die junge Frau sei eine Philosophiestudentin von mir, eine der begabtesten. Ich wollte weiter erzählen, aber er wusste schon alles über sie und ihre Mutter. Sie waren auf dunklen Wegen aus der DDR geflüchtet, und Leyhausen zweifelte die Integrität der Mutter an. Es gab noch eine Großmutter in Hillscheid im Westerwald, die Mutter der Mutter, die wusste ganz sicher, wo der Vater war, glaubte Leyhausen. An zwei Wochenenden hatte ich Fabienne nach oben in den Westerwald gefahren, und sie buk mit ihrer Großmutter Käsekuchen, den die beiden Frauen zusammen aßen. – Es war für Fabienne ein Freudenfest. Die Großmutter hatte ein in die Länge gezogenes, zwielichtiges Gesicht, und ich war mir sicher, dass sie Kontakt zu dem verschwundenen Vater hatte. Am Sonntagabend holte ich Fabienne meistens in Hillscheid ab und fuhr sie zurück in ihr Hochhaus. Die Betonwände dort waren so hart, dass man keinen Nagel in die Wand bekam. An der Wohnzimmerwand war ein in Kupfer geschmiedetes Bild mit drei springenden Pferden in die Wand gedübelt. Die Sitzgruppe war von Polster-Trösser. In der kleinen Küche lernte sie die scholastischen Philosophen auswendig. Wenn in der Nahbarwohnung jemand auszog, bemächtigte sie sich all dessen, was die Leute nicht mehr brauchten. Sie stattete mit den Resten ihre Dreizimmerwohnung aus. Immer mehr bemerkte ich, dass sie zu etwas tendierte, das man nie verstehen würde. Und sie kochte gerne, wie alle dünnen Frauen! Einmal bei mir auf meinem Gasherd Saltimbocca, ein anderes Mal Labskaus, das aussah wie Erbrochenes mit einem Spiegelei obendrauf. Als ich vor dem Essen kurz joggen ging und zum Essen an meinem runden, weißen Tisch nicht rechtzeitig wieder zurück war, wurde sie so wütend, dass sie mit einem Plastikbecher nach mir warf. Nach dem Duschen kam ich im Bademantel an den Tisch, und sie tat, als sähe sie das nicht. Wir waren an den Wochenenden viel zusammen, und sie brachte ihre Elvis-Platten mit, um sie auf meiner teuren Anlage genau zu hören. Ich fragte mich, was will sie eigentlich von dir, konnte aber keine vernünftige Antwort finden. Die Zeit, die ich mit ihr verbrachte, kam mir nicht vertan vor. Sie wurde beim Essen ganz zutraulich und erzählte mir, dass sie eine Therapie bei einer Ungarin machte. Zum Teil mit Hypnose gegen ihren Willen. Einmal, als ich sie dorthin fuhr, kam die Therapeutin die Treppe herunter, um mich, der ich unten auf Fabienne wartete, zu betrachten und zu begutachten. – Ich war damals in einer fremden Phase und trug einen Ulster meines verstorbenen Schwiegeronkels Paul. Die Therapeutin hatte ihr geraten, sich einen Hund zuzulegen. Ihre Großmutter, die Mutter ihres Vaters, stellte den Kontakt zu einem jungen Hippie her, der in Hillscheid wohnte und die Geschwister des Hundes seiner Riesenschlange in einem Glascontainer als Futter gegeben hatte. – Die Tierärztin, die den Hund entwurmte und der Fabienne das erzählte, fragte hartnäckig nach der Adresse dieses Mannes, die wir ihr nicht gaben. – Fabiennes Mutter und sie aßen gerne beim Chinesen. Das war billig und viel in einer fremdartigen Umgebung, die sie bewunderten. Die Mutter erzählte, wie sie sich mit ihrem damaligen Mann nach der Flucht aus der DDR den Bauch mit diesem chinesischen Essen vollgeschlagen hatte. – Sie hatten damals wirklich Hunger gehabt. – Die Mutter war bei den Weightwatchers, die Tochter natürlich auch. Der Hund hieß übrigens Struppi.

KAPITEL 3

Sie ließ sich gern fotografieren und gab mir ein Bild, das sie mit über dem Kopf verschränkten Armen im roten Pullover mit roter Kniehose und roten Sandaletten über weißen Söckchen auf einer Bank im Wald zeigte. Wir fotografierten uns oft zusammen, ich mit um ihren Hals gelegten Arm vor meiner Spiegelwand im Flur mit meiner alten Leica IIIf aus den dreißiger Jahren, mein Gesicht dicht an ihr Haar geschmiegt. Das Foto signalisierte etwas, das es nicht gab. Ihr aufmerksames Gesicht mit dem halben Stirnpony, ihre nicht gezupften Augenbrauen und meine Tissot-Uhr an der Hand mit der Kamera beeindruckte sie am meisten. Ein andermal fuhren wir nach Wiesbaden, streunten durch die Boutiquen, kauften ein paar Kleinigkeiten und ließen uns vor dem Kurhaus von einer Japanerin fotografieren. Sie in einem dieser silbrigen teuren Lacoste-Blousons und Krokohandtäschchen, ich den Arm um sie gelegt in einer modischen schwarzen Lederjacke mit gelbem Schal, riesiger Sonnenbrille, karierten Hosen, sehe ich fast aus wie ein Zuhälter. Sie genierte sich aber nicht für mich, sondern freute sich, einen so viel älteren attraktiven Freund zu haben.

Im Philosophiestudium war sie richtig, denn sie wollte auch wissen, was die Welt im Innersten zusammenhält. Ich hatte, um den Studenten das Raum-Zeit-Problem nahezubringen, die Lithografie „Relativität" von M. C. Escher an die Wand geworfen. Das Bild zeigte Treppenfluchten, die aus den Zimmerdecken, den Wänden und aus den Fußböden kamen und auf denen Menschen ab- und abwandelten. Ich stellte danach die Frage: „Ist das Bild nicht Wasser auf Kants Mühlen, der behauptet, Raum und Zeit seien nicht in der Welt verwurzelt, sondern seien Produkte des Menschen." Sie beteiligte sich rege an der Diskussion und sagte mit allem Nachdruck, mit der Vorstellung des dreidimensionalen Schachtelraums, den wir als Säugetiere haben, sei das nicht möglich. Wir könnten das Bild auch nicht mit unseren Sinnen wahrnehmen, man könnte das Bild in der Realität auch nicht nachbauen. Wenn wir aber unsere Gedanken als Wirklichkeit anerkennen, sei das Bild wahr. Sie war für ihr Alter schon sehr weit und sagte, wenn wir nur einen ratiomorphen Apparat für zwei Dimensionen hätten, würden wir das, was auf dem Bild zu sehen ist, gar nicht „sehen". Auch die subjektive und objektive Zeit komme von uns. Da war sie eigentlich schon ziemlich weit gekommen, und die anderen Studenten hörten ihr mit Bewunderung zu. Sie war einfach die Beste in diesem Kurs.

Der Winter kam, und sie sagte, ich solle mir einen Bart wachsen lassen. Ich trug damals fast immer einen grünen Lodenmantel und ließ mir einen Dreitagebart wachsen. Sie sagte dazu: „Ich mag Bärte so!"

Der Kripokommissar, der damals in Bad Cann so aufmerksam gewesen war, ließ nicht locker. Er schien immer in der Stadt unterwegs zu sein, denn ich traf ihn fast bei jedem meiner Streifzüge. „Kannten Sie Frau Melsdorf schon, als ihr Vater davonlief?" fragte er. Als ich verneinte, sah er mich an, als glaube er mir nicht. Ich war, seit ich in diese Familie hineingeriet, zum Mitverdächtigen geworden. Warum fuhr ich Fabienne dauernd nach Hillscheid? – Er fragte es nicht, aber ich sah, dass er es dachte. Ich glaubte auch, dass ihre Großmutter der zentrale Anlaufpunkt für ihren verschwundenen Vater war.

Drei Tage später war ich wieder in der Eifel bei meinem Coach Bruloff. Heidenroth glänzte im Tal, während ich mich zu Bruloffs Refugium oben auf einem Hügel hochschob. Er saß wie immer hinter seinem gepolsterten Schreibtisch, hinter ihm die Wand mit der grüngestrichenen Raufasertapete, dort hingen verschiedene Dolche und ein Bild seiner Tochter, die in Amerika internationales Management studierte. Er hörte sich meine Tiraden an und sagte: „Sie sind an ein Wesen, in diesem Fall an eine Frau, geraten, die ihr Gegenüber auf einer völlig irrationalen Ebene erfasst. Jemand anders würde sagen ‚Sie sind da an ein kleines Tier geraten, das Sie durchschaut und ausschnüffelt, ohne dass Sie etwas bemerken'."

Ich sagte: „Und ihre Intelligenz, ihre Leistungen?"

Er gab keine Antwort, sondern reichte mir sein neues Buch „On That Side of Awakening". Er hatte eine Stelle angestrichen, und ich zitiere sie hier: „I and mine, the Self and what it commands and rules, my Being, my Becoming, my structure, form, body, power, possessions. Mine, which I oppose to Yours, Thine, Theirs. Up to here mine; then: non mine, other, foreign, imponderable or even inimical."

„Nehmen Sie das zur Kenntnis", sagte er. Mehr hatte er nicht beizutragen. Ich verabschiedete mich, fuhr durch Daun zurück und kehrte beim Dauner Aldi ein, wo ich mir Lebensmittel für einen Monat kaufte. In der Ferne sah man den römischen Aquädukt.

Bruloff hatte mir sein Buch mitgegeben. „Geliehen", wie er sagte. Ich würde mich zu Hause darüber hermachen und versuchen herauszubekommen, was er mir mit dem Zitat sagen wollte.

Das Buch zeigte einen mächtigen Geist, keine Rücksicht auf die eigene Körperlichkeit, ein absolutes In-Szene-setzen des eigenen Egos. Ich wusste nicht, ob ich so würde leben können. Was hielt ich überhaupt von den okkulten Wissenschaften? Würden sie nicht mich, den Rationalisten, überfordern? Ich war im Leben immer wieder an Menschen geraten, die solche okkulten Kräfte hatten, mich aber schnell wieder von ihnen abgewendet. Fabienne war eine, der man kaum anmerkte, dass sie okkulte Kräfte hatte. Die es sich aber auch nicht anmerken ließ, sondern ihre Fähigkeiten aufs Äußerste kultivierte. Auf Seite neunundsiebzig von Bruloffs Buch fand ich schließlich die Lösung: „I cannot be owned, or attributed, or given. I am the Absolute as well as the Subjective! The sharing one does with it is a secondary process, one that derives its validity from my person, from my act of creation."

Ich weiß nicht, ob das etwas mit Hexerei zu tun hatte, aber es erinnerte mich doch stark daran. Irgendwann würde man die Computer vielleicht einmal soweit haben! Und Bruloff erschien mir leicht größenwahnsinnig.

Ich war nicht mehr ich selbst, wenn ich mich durch solche Dinge aus der Fassung bringen ließ. Ich ging von meiner Wohnung zu Fuß zur Uni, und unterwegs hatte ich das Gefühl, dass ich träumte. Tagträume können manchmal intensiver sein als nächtliche. Ich saß in einem großen Zimmer, wohl ähnlich dem meinigen, nur aus der Perspektive meines Schlafzimmerbettes gesehen. Es war eine größere Gesellschaft, Mayer-Henscheid und wohl auch der Professor Lang, der andauernd Intrigen schmiedete. Wir saßen und plauderten. Lang ist ermüdet. Er will sich etwas ausruhen und kommt zu mir aufs Bett, legt sich neben mich, so dass sein Kopf tiefer als meiner zu liegen kommt. Er schlingt seinen Arm um meinen Körper. Wird scheinbar zärtlich. Ich schwanke wohl zwischen Abwehr und Rührung!

KAPITEL 4

*I*ch hatte große Lust, den Traum aufzuschreiben und ihn Bruloff vorzulesen. Bruloff gab aber nicht viel auf Traumanalyse. Er sagte, wenn man den Traum zergliedert habe, seien Dreiviertel der Stunde herum, und man könnte sich den wesentlichen Aspekten des Lebens nicht mehr widmen. Er verließ sich allein auf sein starkes Ego. In der folgenden Nacht hatte ich einen ganz anderen Traum. Mein Zahnarzt Doktor Kluge wollte mir einen Zahn rechts unten ziehen. Seine Praxis lag in einer Passage, ähnlich der im Löhr-Center. Irgendetwas verhindert die Ziehung. Ich bin dann zu Hause in einem merkwürdigen Zimmer, kubisch und vorne offen. Ich sitze jetzt wieder auf Kluges Zahnarztstuhl und meine Mutter hat mir eine Schmerzspritze in den Mund gegeben, so dass ich die Flüssigkeit auf dem Zahnfleisch spüre. Die örtliche Betäubung stellt sich aber nicht ein. Ich renne weg und will zu meinem Hausarzt Doktor Bach. Unterwegs beiße und kaue ich auf dem Zahn herum, der ja schmerzlos ist, so dass ich seitlich und oben dicke Schalenstücke herunterbeiße. Bei Doktor Bach ist gerade noch Sprechstunde, die Helferinnen in dem gut eingerichteten Vorraum, der wie eine Garderobe aussieht, geben mir mehrere Telefonnummern. Eine davon vielleicht in Aachen.

Ich bin von Träumen geradezu besessen. Und wenn ich nachts davon aufwache, stürze ich zu meinem Schreibtisch, der im gleichen Zimmer steht, und schreibe sie in krakeliger Schrift auf, die am anderen Tag kaum noch zu lesen ist.

Im nächsten Traum habe ich endlich eine richtige Professur in Düsseldorf bekommen. Es hat lange gedauert, aber jetzt habe ich es geschafft. Professor Wandmann, bei dem ich promoviert habe, hat mir dabei geholfen. Ich habe auch eine neue Wohnung und musste lange warten, bis der frühere Besitzer die Möbel ausgeräumt hat. Es ist winterdunkel. Am Wochenende fahre ich nach Hause. Dabei das Bild einer fremden Stadt, Treppen zum Hauseingang, Vorgärten, halbdunkel. Mein Gott, haben mir die Träume etwas zu sagen oder sind sie nur Wirrsal? Im nächsten Traum habe ich eine Assistentenstelle bei Stackmann in Göttingen bekommen. Ich wohne in einem kleinen Häuschen, ähnlich einem Stall. Es gibt zwei Zimmerchen, in das eine muss noch ein Bett gestellt werden. Ich muss noch von Professor Stackmann, einem Germanisten, geprüft werden. Ich treffe ihn unterwegs. Er ist freundlich und leutselig und fängt gleich mit der Prüfung an. Am Anfang geht alles sehr gut, ich bringe alles an, erscheine eigentlich besser als ich bin. Dann holt ihn sein Assistent zum Mittagessen ab. Ich bin mir nun sicher, dass ich die Prüfung nicht bestanden habe, und plötzlich weiß ich, dass es ein Traum war, in dem ich mich befand, und wachte auf. Ich machte mir Frühstück und ging in die Uni.

Ich bringe den jungen Leuten gerne Philosophie bei, aber inzwischen halte ich die Philosophie für überflüssig. Jeder, der denkt und spricht und das Gesagte dann abstrahiert, ist ein Philosoph. Die Sprache steht jedem zur Verfügung. Sprachkritik mit Mitteln der Sprache als philosophische Disziplin ist unmöglich, weil Objekt und Werkzeug identisch sind. Meine Vorlesung lief gut ab, aber Fabienne fehlte. Ich ging zu Fuß in die Stadt, überquerte die Kurt-Schumacher-Brücke zu Fuß und traf auf der Muhluferstraße den Kommissar Leyhausen. Er kam auf Fabiennes Vater gar nicht zu sprechen, sondern schwadronierte von seinem letzten Urlaub auf irgendeiner spanischen Insel.

„Dieses laute Westernmusikgejaule. Lauter alter Wölfe an den Stehtischen. Immer auf dem Quivive! Wenn sich mal eine darein verirrt, die noch irgendwie nach was aussieht!"

Ich sagte nichts und ließ ihn reden.

„Am Flughafen abgeholt", fuhr er fort, „in einem Rutsch auf der Insel angekommen. Die Mieten wirklich preiswert. Haben das Auto genommen, dann sind wir direkt zum Strand runter. Alles vorbereitet! Das ging dann so: Koffer hingestellt, Badehose rausgeholt."

Ich unterbrach seine Suada und fragte, ob es etwas Neues von Fabiennes Vater gebe.

Er guckte mich komisch an und sprach über die Einrichtung der Zimmer auf der Insel: „Die war so stark gewesen. Tolle Anlage! – Spitzenlage! – Ich hab mir das viel weniger großzügig vorgestellt!"

Er sprach noch ein wenig über den Pool, über das Kalte Büfett, über die Krabben, „Mordsgeräte", wunderbar! Keine Wolke am Himmel. Es sei ja auch gar nicht so weit von Playa del Ingles gewesen.

KAPITEL 5

*M*ich regte das Geschwätz auf, und da wir gerade am HIT vorbeikamen, sagte ich, ich müsse noch rasch etwas einkaufen gehen und ließ ihn stehen. Auf dem Weg in die Stadt sah ich mich mehrmals um, ob er mir nicht folgte. Ich verstand es immer wieder, solchen Leuten zu entgehen. Nachdem ich ihn abgeschüttelt hatte, wanderte ich durch die Häuserzeilen die drei Kilometer in die Stadt. Ich ging in den Kaufhof und kaufte mir eine Menge Karteikarten für meine Habilitation. Auf dem Weg zum Café in der Schloßstraße traf ich SIE, sie trug eine rote Baskenmütze, die ich das erste Mal bei ihr sah. Sie sagte, sie wolle zu einer Freundin, und ich könne gerne mitkommen. Die Freundin arbeitete als Sachbearbeiterin bei der Stadtverwaltung, ein Schicksal, das ihr möglicherweise auch gedroht hatte. Wir fuhren mit dem Taxi nach Margendorf, einem Stadtteil von Alt-Muhl. In einer Seitenstraße unmittelbar neben der Uni stand das Haus der Freundin, ein eckiger Kubus im Stil des Bauhauses. Ihr Vater hatte es für die Familie gebaut. Vor dem Eintritt überraschte mich die großzügige Fassade, dann das riesige Wohnzimmer, in dem asymmetrische Regale standen, die der Vater ihrer Freundin selbst gebaut hatte. Drei riesige Zimmerlinden verdunkelten die Fensterfront. Ein Cor-Sofa, gesäumt von Korbstühlen, bildete das Pendant zur Fensterfront. Auf einem auch selbst gebauten Tisch mit lackierter auberginenfarbiger Oberfläche war ein Kaffeetisch angerichtet. Es wurden Croissants aufgetischt, und ich merkte schnell, dass diese Freundin die okkulten Fähigkeiten Fabiennes nicht hatte. Zwei Windhunde streiften durch den Raum und beschnüffelten uns. Vielleicht war das die Art der Freundin, ihre Persönlichkeit zu erweitern. Ich merkte schnell, dass ich dieser Freundin nicht unsympathisch war, denn als wir gingen, lud sie mich ein, doch einmal wiederzukommen. Das Haus strahlte Ruhe aus wie ein Salon, und die gläserne Fensterfront, die auf den Garten hinausging, ließ den weiten Blick auf die Muhl zu, wenn nicht zwei oder drei Hochhäuser die Sicht etwas verdunkelt hätten. Das Haus war so groß und schön, dass man sich fragte, ob man wirklich in Alt-Muhl war. Ich behielt es jedenfalls in guter Erinnerung und nahm mir vor, einmal hierher zurückzukommen. Fabienne erzählte mir, dass ein Brief von ihrem Vater aus München gekommen sei, aber die Schrift ihres Vaters sei verstellt gewesen, jedenfalls war es nicht die seine. Sie habe den Brief Leyhausen gezeigt, der ihn zu den Akten genommen habe. Wahrscheinlich würde ihr Telefon überwacht. Was wollte man von ihr? – Ich fragte sie, was in dem Brief gestanden habe. Sie sagte mir Grüße und dass es ihm gut gehe. Er würde sich bald wieder melden. München, ich kannte die Stadt, aber ich hatte nie einen näheren Zugang zu ihr gefunden. Ich hatte vor ein paar Jahren dort einmal eine Freundin besucht, und wir waren gemeinsam durch die Diskos gezogen, die fast alle leer waren. Dann hatten wir einen Ausflug nach Garmisch-Partenkirchen gemacht und waren gemeinsam mit der Seilbahn auf den Laberberg gefahren. Ich hatte die Drachenflieger fotografiert, und als wir wieder zurück waren, hatte mir diese Freundin einen Pudding gekocht. Sie aß nur Pudding. – Fabienne aß gerne asiatische Gerichte, und ich fragte mich, warum sie so dünn war. Ich wollte ihr zeigen, bei wem ich studiert hatte, und lud sie ein, mit mir ins sechzig Kilometer entfernte Bonn zu fahren und dort die Erkenntnistheorievorlesung von Ernst Konrad Specht zu hören.

Wir parkten in der Tiefgarage, gingen durch den Hofgarten und durch die Wandelhalle, wo gerade der studentische Wahlkampf begann und setzten uns in die letzte Reihe von Hörsaal sieben. Sie fing sofort ein Gespräch mit einem neben ihr sitzenden gutaussehenden Studenten an, sie quatschte und quatschte. Specht war wieder einmal genial, warf ein Tafelbild an die Wand und diskutierte mit den Studenten den Rest der Stunde darüber. Ich schrieb fast alles mit. Sie hatte die ganze Seminarstunde mit diesem Studenten geredet, und der schaute mir böse nach, als wir zusammen verschwanden. Sie wollte sich einen Overall kaufen, sie sagte Offeroll, hatte aber kein Geld dabei. Ich hob in einer Filiale der Deutschen Bank am Kaiserplatz Geld ab. Sie stand währenddessen am Ausgang und die Bankangestellten sahen uns und dachten sich ihr Teil. Vielleicht dachten sie sogar, ich würde sie bezahlen. Sie fand dann einen Overall, kaufte ihn und gab mir am nächsten Tag das Geld zurück. Wir unternahmen viel zusammen, gingen oft mit ihrem kleinen schwarzen Pudelmix Struppi am Alt spazieren, sie trug jetzt eine große Hornbrille, die Haare ohne Pony ganz zurückgestrichen und sah in ihren weiten Kittelkleidern aus wie eine Sekretärin. Nur wenn sie mit vollem Mund kaute, bekam sie dicke Backen. Ihren Hund liebte sie zärtlich. Wenn sie in meinem Wohnzimmer saß, las sie am liebsten den „Spiegel". Sie aß so wenig, weil dann ihr eigentlich fülliges Gesicht schmaler wurde. Beim Essen ließ sie sich gerne fotografieren. Neuerdings trug sie den Scheitel auf der rechten Seite. Manchmal hatte ihr Gesicht etwas vollkommen Weltfremdes. Auch etwas Unschuldiges und gleichzeitig Laszives. Sie stützte beim Nachdenken gerne das Kinn in die Hand. Kuchen essen war das Größte, und sie wäre gerne Mannequin geworden. Sie fühlte sich immer beobachtet, weil ich ständig fotografierte. Das Pony stand ihr besser als der Scheitel auf der rechten Seite mit den zurückgenommenen Haaren. Sie hatte ein Grübchen auf der linken Wange. Wenn sie in die Sonne blickte, bekam ihr Blick etwas Raffiniertes. Sie trug gerne Hüte. Der Hund Struppi war das Knuddeltier. Im Winter kaufte sie sich einen teuren roten Wollmantel. Sie hatte die Jugend auf ihrer Seite. Ich musste an meine Karriere denken. Manchmal schaute sie, als wäre ihr alles zu viel. Als sie sah, dass ich täglich zehn Kilometer joggte, wollte sie das auch. Aber ihre ungarische Therapeutin riet ihr ab. Sie lernte für die Philosophieklausuren am Küchentisch. Wenn sie ärgerlich wurde, bekam ihr Gesicht etwas Gefüttertes. Ihr Lachen wirkte ein bisschen hölzern. Aber sie hatte diese Kraft, die mich bei ihr hielt.

KAPITEL 6

Nach der Vorlesung traf ich in der Stadt meinen Freund Marian. Ich sagte ihm, dass ich die ganzen Sommerferien und schon ein Jahr lang keinen richtigen Urlaub mehr gemacht hatte. Darüber hatten wir schon öfter gesprochen. Jetzt ging es schon gar nicht, denn dieses schmale Wesen hielt mich in Alt-Muhl. Ich brauchte die Zeit, um mich zu sammeln. Marian erwiderte, ich brauche ja nicht dorthin zu gehen, wo der Trubel ist. Ich sollte mir das genau überlegen und einen vernünftigen Urlaub machen. Ein schöner Strand, wo man sich erholen kann und gleichzeitig etwas arbeiten. Irgendwo an der Küste oder in den Bergen, wo es schön ist. „Küste ist immer schön", sagte ich, „jetzt habe ich meine Habilitationsschrift halb fertig, und das ist auch ein Ansporn." Ich hatte das vorletzte Jahr viel daran gearbeitet, das letzte gar nicht mehr. Ich bin mit einem Schnüffelrüssel durch die Gegend gelaufen und hab geguckt, was möglich ist. Hab mir Hitchcock-Filme angesehen, um vielleicht ein Theaterstück zu schreiben. Suspense, wie diese plumpe kriminalistische Spannung heißt, die fast jeden mitziehen kann. Inzwischen kann ich Hitchcock nicht mehr sehen. Godard, Ingmar Bergmann und Bunuel heißen jetzt meine Favoriten. Ich verstehe eigentlich nichts davon, ich verstehe nur etwas von Specht-vermittelter Philosophie. Und die gebe ich an der Alt-Muhler Universität weiter.

„Du hast dich doch entwickelt", sagte er, „du hast jetzt einen neuen Stand erreicht, allein das schon."

Ich hatte mit den Vorarbeiten zu einem Theaterstück aufgehört, weil ich mich fast nur noch auf meine neue Freundin konzentrierte. Oder sie konzentrierte sich auf mich.

„Ich hab auch einen kleinen Band mit Erzählungen fertig", sagte ich zu Marian, „fast alle Philosophen streben danach, irgendwann einmal große Literaten zu werden. Das habe ich im Ehrenbreitsteiner Konradhaus erlebt, wo sie reihenweise auftreten."

In meiner Eigenschaft als nicht habilitierter Dozent wäre es nur natürlich gewesen, wenn ich seinem Rat, Urlaub zu machen, gefolgt wäre. Alt-Muhl bot nicht viel, zumindest nicht für einen Schriftsteller. Eher noch für einen Philosophiedozenten. Durch diesen Graben kam man nur mit einem falschen Selbstbewusstsein. All die inneren Bilder, die ich vorhin beschrieben habe, kleben in meinem Fotoalbum. Beim Durchsehen des Albums kamen mir diese Gedanken. Ich wusste, dass ich Leyhausen noch ein paarmal auf der Straße treffen würde, er trieb sich überall herum. Vielleicht erfuhr ich dann etwas Neues über Fabiennes Vater. Er war Angestellter im Metro-Großmarkt gewesen, verdiente gut, und für sein Verschwinden gab es keinen vernünftigen Grund. Vernünftig? Grund? Was wusste ich davon, angesichts der Ausstrahlung, die diese junge Frau für mich hatte. Meine Philosophiestudentin!

Wir trafen uns wieder bei mir, das heißt, ich holte sie an der Bushaltestelle ab. Sie wollte mit mir nach Holland fahren und vielleicht noch halblinks nach Belgien. Sie war mit ihrer Mutter und deren Freund schon einmal dort gewesen. „Scharf rechts, nach Holland und dann halblinks nach Belgien. Da braucht man nicht über die Grenze, wenn man gut essen will. Ach, ich bin froh, von dem Unistress ein bisschen zu entspannen. Aber schon allein der Blick in die Stadt Brügge. Also wenn man nur mal was anderes als seine vier Wände hat und auch da wohnt, ist alles schön."

„Ich brauch das alles nicht", sagte ich, „ich gehe wieder boxen wie vor fünfzehn Jahren. Das Spielcasino in Knokke könnte mich höchstens mal locken. Also ich würde nie irgendwelche große Summen setzen. Aber vor fünf Jahren habe ich in Scheveningen mein ganzes Geld auf die sechsunddreißig gesetzt und alles verloren. Wir können ja erst einmal nach Bad Neuenahr fahren, da ist ein ganz anderes Publikum. Ja also, ist eigentlich sehr witzig, wenn man bedenkt wie auf Umwegen die öffentlichen Gelder in die Casinos gepumpt werden. Und erst die Baccara-Tische, da hört man eine Stecknadel fallen. So ernst ist das. Da sind Menschen, die im Leben nichts zu machen brauchen und sich diesen Kitzel künstlich verschaffen. Die Croupiers haben so gute Augen, und alle halbe Stunde wechseln die. Der Chef-Croupier auch. Die müssen da total konzentriert sein, auch gedächtnismäßig. In diesem Casino ist schon manches Unglück passiert. Glaubst du, du kannst die Roulettekugel mit deiner Willenskraft beeinflussen?"

„Sollen wir mal Tischrücken spielen?" fragte sie zurück in meinen Monolog hinein. „Da bin ich ziemlich gut."

Ich musste an Ellen Brand, die Flachshaarige, das Medium in den telepathischen Sitzungen von Thomas Manns „Zauberberg", denken, wo diese junge Frau den Helden Hans Castorp von der magischen Wiederkunft Toter überzeugt hatte. Auch Thomas Mann hatte diese Überzeugung in einem Brief an einen Freund gestanden. Ich glaubte nicht an Telepathie, aber die gemeinsamen Unterhaltungen mit Fabienne ließen mich doch zweifeln.

KAPITEL 7

*D*ann war etwas passiert, was damals nicht hätte geschehen dürfen. Fabienne war an einen rotschöpfigen Motorradtypen geraten. Die Bande traf sich vor dem Hochhausblock, in dem sie wohnte, und aus Neugier fuhr sie bei einem von ihnen auf dem Sozius mit. Sie verbrannte sich die Innenseite ihres rechten Beins am Auspuff, das hinderte sie aber nicht an der Begeisterung für die rasenden Maschinen. Sie verschwand aus meinem Blickfeld und kam auch nicht mehr zur Uni. Hatte sie die ganze Bande mit ihren Fähigkeiten beeindruckt? Sie hatte eigentlich keine richtige Jugend gehabt. Ich wandte mich wieder meiner älteren Freundin zu, die ich, seit ich Fabienne kennengelernt hatte, sträflich vernachlässigt hatte. Sie erzählte mir, sie habe mich ein paar Mal im Auto mit der jungen Frau gesehen, aber gewusst, dass das nicht lange halten würde. Ich war da ganz anderer Meinung. Jedenfalls bekochte und beurteilte sie mich wieder. Wir aßen viel im Berghotel Rheinblick in Bendorf oder Weinhaus Syré. Wenn ich mit Ines an die Muhl fuhr, sah ich Fabienne auf dem Rücksitz eines der Motorräder im Pulk mit einem goldenen Helm und wusste, dass sie bis Ediger fuhren, die vielen Kurven ausnutzend, und dann wieder zurück. An schönen Tagen mit Mücken zwischen den Zähnen. Ines sagte ich nichts, und so führten wir eine flache Beziehung ohne Aufsehen. In Hatzenport gab es ein altes Restaurant, die Traube, wo man gut und billig essen konnte und bei schönem Wetter auf der Terrasse saß. Die Bedienung kannte uns schon und erzählte uns von ihren vielen Hunden. Es war eine alte Frau mit knallschwarz gefärbten Haaren und Sandaletten, unter denen die rot gefärbten Zehennägel hervorleuchteten. Wir fuhren gern dorthin, denn wir liebten die familiäre Atmosphäre dort. Wenn uns Fabienne auf dem Rücksitz eines Motorrades unterwegs begegnete, dachte ich mir, dass ihre Flucht in die Motorradgang vielleicht auch eine Flucht vor ihrer Mutter war. Als wir einmal zusammen zur Ruppertsklamm gewandet sind, hatten wir ein ernsthaftes Gespräch über ihre Mutter geführt, auch darüber, dass sie vielleicht ihren Mann aus dem Haus getrieben hatte. Bei dem Gespräch sprang eine ihrer Kontaktlinsen aus dem Auge, und sie zwang mich, mit dem Auto in den Wald zu fahren und den Weg auszuleuchten. Wir fanden die Linse schließlich, unbeschädigt. Seitdem haben wir nie wieder über ihre Mutter gesprochen. Die hatte sich inzwischen mit einem Dackeleigner angefreundet, weil sie, in Abwesenheit ihrer Tochter, den Hund ausführen musste. Unterwegs hatten sich die beiden kennengelernt.

Fabienne war aber zu klug, um sich von der Rockerszene vereinnahmen zu lassen. Sie ließ zwar Wörter wie „Freebiker" oder „Motorcycle" fallen. Aber das Ganze dauerte keine drei Wochen, dann saß sie wieder im Seminar. Wenn sie vom Leben profitieren wollte, dann auf eine ganz andere Art. – Ich war auch nicht der Typ, sie zur Rede zu stellen. Sie sollte ihr Leben still für sich weiterleben, und wen sie dabei mitnahm, interessierte mich nur am Rande. – Glaubte ich jedenfalls damals. – Heute bin ich siebzig Jahre alt, Bruloff ist seit zwei Jahren tot, ich brauche ihn auch nicht mehr. Ich habe ja alle seine Bücher. Ich denke oft an ihn, an seine hochgewachsene Gestalt, an sein weißes Haar, an seine Brille mit der Fassung einer Sonnenbrille. Er erhob sich jedes Mal von seinem Stuhl hinter dem Schreibtisch, drückte mir fest die Hand und fragte: „Wie lange haben wir uns schon nicht gesehen?" – Da war alles wieder da! – Auch in meinen Gedanken.

Er sagte mir damals, dass ich mich entwickelt habe, und das freute mich. – Ob es aber stimmte? Mein Selbstbewusstsein sei nicht falsch. „Arbeiten Sie nicht so viel", sagte er, als ich ihm von meiner angefangenen Habilitationsschrift erzählte, „schreiben Sie Gedichte oder esoterische Bücher wie ich!" Das ominöse Wort „Fähigkeiten" tauchte bei mir auf. Ich wusste ja gar nicht, ob ich begabt war! – Wozu denn? – Er sah mir meine Gedanken an und sagte: „Es gibt gar keinen Grund, den Kopf hängen zu lassen. Sie sind im Prozess des Werdens!" – Ich verstand damals nicht, was er mir sagen wollte, und er fuhr fort: „Sagen Sie ‚Ich' und benutzen Sie keine Techniken." Er sagte Tech-Nikeen. „Und lesen Sie ab und zu in meinem neuen Buch. Sie investieren zu viel Emotionen in diese Frauensache! Arbeiten Sie doch im Selbstverlag, wie ich!" – „Mir ist klar, dass Sie eigentlich zur Suhrkamp gehört hätten", erwiderte ich. – Ich fuhr damals von Heidenroth zurück nach Alt-Muhl und ging in meine Stammkneipe, wo mein Freund Marian schon an der Bar stand und mich in eines dieser blöden Gespräche verwickelte.

„Kennst du jemand hier aus der Szene?"

„Wenn weiter der Westerwald oder der Hunsrück hier einfällt, nein!"

„Bleiben wir also lieber zu Hause! Man kann doch was kochen."

Das erinnerte mich an Fabienne, die so gerne kochte.

Er sah mir meinen Gedanken an und sagte: „Gibt doch auch noch andere Frauen."

„Immer das Gequatsche von der blöden Mutter!"

„Die tyrannisiert halt die ganze Familie, und dementsprechend unausgeglichen ist die Tochter auch! Womit soll sie sich sonst wehren als mit dem, was du okkulte Kräfte nennst? Wenn du die Macht hättest, würdest du es vielleicht auch so machen. In solchen Beziehungskisten stelle ich mich immer auf den Standpunkt, dass beide gleich stark sein sollen."

„Einer ist immer ein bisschen gleicher!"

„Das ist klar! – Ich geb' zu, das hört sich ein bisschen zynisch an."

„Einer ist eben der Dominierende!"

„Die Domina!"

„Zum Beispiel!"

„Du lachst ja, das dürftest du eigentlich nicht."

„Ich hab' sie ja noch nicht gesehen, aber die meisten Frauen seh'n 'en bisschen komisch aus in so 'nem Kostüm. Mach' doch den Dominus! – Gummiklamotten, Gummimasken!"

„Badekappe,   Taucherflossen,   Stacheldraht drumherum."

„Du bist so cool! – Vielleicht wird sie mal Fernsehansagerin, da braucht man eine starke Ausstrahlung."

„Du weißt ja, wie man Fernsehansagerin wird …"

„Meinst du nicht, dass das ein Mythos ist?"

„Nein, das zählt immer noch!"

Wir drehten uns umeinander, ein blödes Gespräch, das mich auch nur zurückwarf, zumal ich eben noch bei Bruloff gewesen war. – Ich fuhr in meine Wohnung. Fabienne hatte mir auf meinen Anrufbeantworter gesprochen. Sie tat so, als hätten wir uns erst gestern gesehen. Ich würde mich hüten, sie zurückzurufen, aber in der Nacht träumte ich, ich ginge mit meinem Bruder ins Schwimmbad. Es fängt an zu regnen, und wir ziehen uns wieder an. Ich muss zur Toilette, die ist klein und feucht. Wir gehen durch eine Trümmerlandschaft. Irgendwo in der Nähe gibt es Sümpfe. Wir kommen in ein älteres verfallenes Haus. SIE kommt heraus, fragt mich auch nach meinen Eltern. Sie verlangt Geld von mir, um sich ein Velosolex zu kaufen, dass es damals noch gab. Ich sehe zu, wie ein Motoradfreak das Velo zusammenbaut. Als nächstes sehe ich, wie sie mit dem Velo zu fahren versucht, aber dabei umfällt. Ich helfe ihr auf. Dann bin ich aufgewacht. Es war ein Uhr nachts. Ich war zu lange in der Bar gewesen. Der Anrufbeantworter grinste mich an. – Aber doch nicht jetzt, mitten in der Nacht. Ich nahm Bruloffs Buch „On That Side of Awakening" vom Nachttisch und schlug die Seite einundneunzig auf:

„Cosmic Concerts

I hear not the music as yet, as I open my soul to the spheres. There is merely a background whisper that I am almost loath to interpret.

Around me the world of my actuality dispenses its sounds and visions, link it always does, as if it truly were the center of things.

Stand da. Das waren doch die Gedanken Fabiennes. Gedanken, die ich durch sie auch empfand. Es war das, was in jedem Menschen vorgeht, wenn er nur ein wenig bei sich ist und in sich hineinhört. – Vielleicht ist ja der plötzliche Verlust ihres Vaters der Schlüssel zu ihren seismografischen Fähigkeiten. Ich fand in der Uni-Bibliothek einen Aufsatz über den Zusammenhang zwischen Vaterlosigkeit und Hellsehen bei jungen Frauen. Und las den ganzen Nachmittag an einem dieser Schreibtische, wo man durch die Glaswand einen direkten Blick nach draußen und auf die Mensa hat. Die Welt verschwamm vor meinen Augen und ich dachte nur noch an Fabienne. Ich dachte daran, dass sie wusste, wie ihr Vater, wenn er noch lebte, sich zurzeit fühlte.

KAPITEL 8

*F*abienne kam zum Kochen, und es gab Kartoffel-Sellerie-Püree mit Frikadellen. Für die Frikadellen schnitt sie Brötchen in kleine Stücke und weichte sie in warmer Milch ein. Sie wusch Liebstöckel und Petersilie, trocknete sie und schüttelte sie, zupfte die Blätter von den Stengeln und hackte sie. Sie schälte Zwiebeln und Knoblauch, hackte sie fein und gab dann das Hackfleisch in einer glatten Masse dazu. Sie würzte mit Salz und Pfeffer und frisch geriebener Muskatnuss, um gleichgroße Frikadellen daraus zu formen. Nach fünfzehn Minuten waren sie gar.

Für das Püree schälte sie Kartoffeln und Knollensellerie, schnitt sie in kleine Würfel. Sie gab Salzwasser in einen Topf und ließ sie zehn bis zwölf Minuten weichkochen. Sie erwärmte Milch mit Butter, salzte und pfefferte sie und würzte sie mit geriebener Muskatnuss. Anschließend zerdrückte sie alles mit einem Kartoffelstampfer. Die warme Milch dazugießen, alles zu einem cremigen Püree verarbeiten und nochmals mit Salz, Pfeffer und Muskat abschmecken.

Ich setze das Rezept hierher, weil mir alles so gut geschmeckt hat und ich seit langem nichts Vernünftiges

mehr gegessen hatte. Nicht einmal bei meiner Mutter. Wir
aßen in der Küche, die ich neu eingerichtet und hergerich-
tet hatte. Sie selbst aß wie ein Spatz, ich schlang das Essen
in mich hinein. Sie meinte, ich müsse mit innerem Beha-
gen essen, wie der Zen-Buddhismus das vorschreibt. Jetzt
war sie auch noch da gelandet. Ich scherzte, wir müss-
ten eigentlich jetzt zusammen ins Bett, aber sie lächelte
nur verdruckst und wollte, dass ich sie nach Hause fahre.
Nein, wir sollten zusammen in die Stadt gehen. Wir gingen
durch die Obere Löhr am Café Baumann und an der Buch-
handlung Reuffel vorbei, da winkte uns von der anderen
Straßenseite tatsächlich der Kripokommissar Leyhausen
zu. Er kam zu uns herüber, und so übervoll war ihm das
Herz, dass er an seine Urlaubsschilderungen vom letzten
Mal anknüpfte. Fabienne stand da, als habe sie so etwas
vorher noch nie gehört.

„Zwei, drei, … fünf solcher Apartments. Das ist so
geschickt gemacht, dass du … Übernachten tust du oben,
da sind ja zwei Etagen. Unten hast du deinen Wohnraum.
Von dem aus gehst du hoch ins Schlafzimmer. So, und
vom Schlafzimmer guckst du dann auf den Pool nachts!
– Tolle Bilder! Ist reine Erholung gewesen! Für das Apart-
ment pro Person, zu zweit, sechzig Mark! Kochtopf rein,
Kühlschrank voll! Und dann ab ins Wasser! Hollywood-
schaukel, was man sonst nirgendwo im Hotel hatte.“

Ich sagte, Fabienne müsse zum Zahnarzt, und wir ver-
abschiedeten uns schnell. Er hatte es in der kurzen Zeit
noch nicht einmal zuwege gebracht, nach Fabiennes verschwundenem Vater zu fragen.

Als wir den Rückweg antraten, trafen wir Leyhausen
wieder in der Nähe des Kaufhofs.

„Sogar Heizung", setzte er das vor einer halben Stunde unterbrochene Gespräch fort, „damit die Leute im Winter nicht frieren. Und die sind ja froh, wenn im Winter einer etwas mietet. Und im Sommer! Da gibt's Weiber, oh, ich sag' dir. Topfrauen! Braun gebrannt! Junge!" Und er holte eine Mappe mit Bildern aus seiner Brusttasche. „Guck' mal hier, das ist so ein einsamer Strand, da gehste runter bis zu einer Schlucht, und dann biste am Strand. Das geht ungefähr achthundert Meter an den Felsen entlang. Da brechen sich die Wellen. Wenn wir uns das nächste Mal treffen, bringe ich euch mehr Fotos mit. Vielleicht Weihnachten! Totale Klimagarantie! Drei Wochen nur Sonne! Wir waren auch im Inland! Papayas, auf der Finka von meinem Freund. Nein, Avocados! Apfelsinen, Maracujas! Kaffeebäume sogar! Da gibt's kein Gezanke, die kosten kaum was. Und wenn du zurückkommst, bist du total entstresst."

Wir trauten uns nicht, uns wieder so abrupt zu verabschieden, und hörten noch eine Weile seinem Gerede zu. Dann aber schien er das Interesse an uns verloren zu haben und wandte sich von selber ab. Vielleicht war es aber auch nur eine von Fabiennes Maschen gewesen. Fabienne mit ihrer ratiomorphen Ausstrahlung. Als wir schon auf der anderen Straßenseite waren, rief er uns nach: „Ich glaube, wir haben eine Spur von Ihrem Vater. Wahrscheinlich ist er in Litauen."

Ich versuche, meine Erinnerungen zu ordnen. Manchmal gelingt es mir. Aber ich wusste nicht, was es bedeuten sollte, dass Fabiennes Vater plötzlich in Litauen lebte. Das war doch der Osten, und ich konnte mir nicht vorstellen, was ihn dorthin gezogen hatte. Die Buchstaben seines

Nachnamens blitzten in mir auf, aber die brachten mich auch nicht weiter. Fabiennes Vater war ja schon vor meiner Zeit verschwunden, und wenn ich ihn gekannt hätte, hätte ich mir ein Bild von ihm machen können. Ich hatte mir eine Liste gemacht mit allen Details, die mir Fabienne von ihrem Vater erzählt hatte. Immer wieder rückte die Großmutter ins Bild, die etwas mit seinem Verschwinden zu tun haben musste. Und die wahrscheinlich auch noch heute Kontakt zu ihm hielt. Wer bezahlte eigentlich Fabiennes Studium? Bafög bekam sie nicht. Sie sagte mir, ihre Großmutter käme dafür auf, aber die hatte vielleicht eine Rente von achthundert Mark. Die paar Passfotos, die man mir gezeigt hatte, zeigten einen Mann mit einem spitzen Kinn, das Fabienne von ihm hatte, aber sonst einem schwammigen Gesicht. Es ging um die Vergangenheit, und Geld hatte er von seinem Konto nicht abgehoben. Vielleicht war es eine jüngere Frau, die ihn becirct hatte. Die würde dann bestimmt seiner dünnen Tochter ähnlich sehen. Vielleicht war das eine Möglichkeit, mit der ein Zielfahnder auf seine Spur käme. In jedem Gesicht mit undeutlichen Konturen auf der Straße sah ich Fabiennes Vater. Und wenn er zurückkäme? Wie stünde ich dann zu ihm? Die mangelnde Zutraulichkeit Fabiennes hing bestimmt mit seinem Verschwinden zusammen. Als ich sie fragte, wann sie ihn das letzte Mal gesehen habe, bekam sie Tränen in die Augen. Ich war heute mit über siebzig im Urlaub in Litauen gewesen und hatte ein helles modernes Land gesehen. Vilnius war wirklich schön. Wie war Fabienne bloß zum Zen-Buddhismus gekommen? Bei ihren Fähigkeiten lag das ja nahe. Die Wissenschaftler hatten trotz der theorie- und diskursfeindlichen Grundhaltung des Zen-Buddhismus Philosophen entdeckt, die ihm nahestanden. Vielleicht stammte daher Fabiennes Flucht in die Philosophie. Von Heidegger verstand sie nichts, von Nietzsche ein bisschen was. Aber irgendeine Innerung von beiden musste sie haben. Die Welt war keine Substanz, sondern ein Verhältnis. Das eine spiegelte alles übrige in sich. Ich verstand selbst nicht viel vom Zen, aber Herrigels „Zen in der Kunst des Bogenschießens" hatte ich mit Freude und Erstaunen gelesen. Wie Herrigel, ein deutscher Philosophieprofessor, nur wegen der Zen-Philosophie nach Japan gereist war, und am Ende seiner Unterweisung den Bogen des Meisters nahm und damit besser traf als dieser selbst. Aber schon allein, dass man sich einem Meister unterwerfen musste und mit der Antwort auf sein Koan-Rätsel die Erleuchtung bekam, störte mich. Wer sagte mir, dass ich die Erleuchtung hatte? Der Meister? Bestimmt nicht! Ich war damals durch und durch Skeptiker, und ein bisschen bin ich das noch heute geblieben, obwohl ich mir zu den okkulten Wissenschaften einen guten Draht bewahrt habe. Im Grund umhüllt einen jede Religion mit ihren eigenen Sophismen. Was Fabienne wollte und tat, wird heute unter dem Begriff Spiritualität zusammengefasst, der ja heute in aller Munde ist. In der Wirtschaft, im Management und in der Politik.

Kapitel 9

*L*ange Zeit hörte ich nichts mehr von Fabienne. Nach ein paar Wochen rief ich ihre Mutter an. Sie erzählte mir, dass Fabienne einen Autounfall gehabt habe. Sie sei in ihrer üblichen Trance über die Straße gegangen und von einem langsam fahrenden Auto am Oberschenkel gestreift worden. Mir wurde mulmig zumute, und ich überlegte, was ich tun sollte. Freundinnen hatte sie an der Uni nicht viele, und so beschloss ich, sie zu besuchen. Sie lag in einem Zweibettzimmer mit einer älteren Dame, und neben ihr auf der Bettkante saß ein Jüngelchen mit schwarzen Locken, das ihre Hand hielt. Ich hatte ihr für diesen Besuch extra einen Walkman und ein paar Dire Straits CDs gekauft, drehte mich um und verschwand wieder durch die Zimmertür. Hatte ich mich getäuscht? Warum hatte sie mich mit den kosmischen Kräften, die ihr zur Verfügung standen, angezogen? Der Junge stand wahrscheinlich auch unter ihrem Einfluss. Am nächsten Tag dachte ich, sie alleine zu erwischen, sie war nicht in ihrem Zimmer. Die ältere Dame, die im Bett neben ihr lag, zeigte ihr Mitleid ganz offen und schüttelte über Fabiennes Verhalten nur den Kopf. Sie war aber bald wieder gesund und wurde schnell entlassen.

Ich hörte nun wochenlang nichts von ihr, zumal Ines mich immer stärker in Beschlag nahm. Sie wollte abends ausgehen, was mir nicht gefiel, denn ich arbeitete in den Abendstunden lieber an meiner Habilitation oder las esoterische Bücher. Ich wollte mich auf den gleichen Stand bringen wie Fabienne. Ich glaubte, sie manchmal auf der Straße zu erkennen, aber sie war es nicht. Schließlich war sie es, die mich anrief: Ihr Vater lebe wahrscheinlich in München. Diese Nachricht habe ihr Leyhausen zukommen lassen. Wir trafen uns zum Kaffee in einem Szene-Restaurant in der Altstadt, und sie erzählte mir Näheres. Nahm aber nicht Abstand von dem Gedanken, dass mit Leyhausen etwas nicht stimme. Er würde sich, wie viele andere, auch von ihr angezogen fühlen. Vielleicht sei seine Theorie eine Finte, um sie auf irgendeine Weise an sich zu binden.

„Aber es muss doch Beweise geben", sagte ich.

Ihr Vater sei zweimal in München gesehen worden. Das sei ohne Zweifel. Vielleicht habe er dort eine Geliebte.

„Die sieht dann aus wie du", sagte ich. Ich dachte mir, dass solche Frauen, so tough sie waren, manchmal Objekte von Männern wurden, auf welche Art auch immer.

Ich fragte sie, wer der dunkellockige Junge gewesen sei, der am Krankenbett ihre Hand gehalten hatte. Sie antwortete nur: „Ein Freund." Mehr ließ sie sich nicht entlocken. Wenn ich sie nach einer bestimmten Person fragte, antwortete sie immer: „Ein Freund." In ihr Innenleben ließ sie niemanden hinein. Nach ein paar Wochen sah ich, dass dieser Dunkellockige auch Student war, allerdings in der Romanistik. Ich überlegte, ob ich ihn ansprechen sollte, verwarf den Gedanken aber schnell. Es war besser, der würde für mich der entfernte Unbekannte bleiben, der mit mir rivalisiert hatte. Aber was hieß denn rivalisiert? Ich war ihr doch in keiner Weise nähergekommen, außer dass sie für mich gekocht hatte! Schließlich sprach mich der Junge aus dem Krankenhaus auf dem Campus an. Er hatte mich damals erkannt. Er sagte, noch nie habe ihn ein Mädchen dermaßen aufgeregt, Tag und Nacht denke er an sie, obwohl sie bei Gott keine Schönheit sei. Aber sie habe das gewisse Etwas. Ich stimmte ihm zu, und wir gingen gemeinsam im Bistro der Mensa einen Kaffee trinken. Ich sah, dass er bei ihr ebenso erfolglos gewesen war wie ich, ja, dass er nicht einmal irgendeine Art von Beziehung zustande gebracht hatte. Er erzählte mir, dass er uns ein paarmal zu meiner Wohnung in Rheinstein nachgefahren sei und dass er sich gewundert habe, was wir da oben so lange gemacht hätten. Ich sei doch viel zu alt für sie, und wenn die Liebe am Zuge wäre, sei er der Erste. Er war nie bei ihr zu Hause gewesen, kannte auch nicht ihre Mutter oder ihre Großmutter und wusste vom Verschwinden ihres Vaters gar nichts. Was sollte ich ihm sagen? Er war ein Jüngling ohne jede Erfahrung, im Gegensatz zu mir, und weiterhelfen konnte ich ihm auch nicht. Seine Hände zitterten, wenn er seine Cappuccinotasse zum Mund hob, und er erzählte mir, dass er mit den Nerven am Ende sei. Ich riet ihm, ein Semester in den Weinbergen an der Mosel zu arbeiten und sich dort zu regenerieren. Er sagte, das könne er nicht, er würde ihr hinterher gezogen, ja fast gehext. Ich verabschiedete mich von ihm und war mir sicher, ihn nie wiederzusehen. Als ich das Bistro verließ, sah ich, dass er hinter mir her ging. Aber er bog dann doch in die erste Nebenstraße ab. Mich überkam ein eigenartiges Gefühl. Wie damals, als ich das erste Mal allein auf einem Fahrrad gefahren war. Sollte ich Fabienne anrufen? Ich hätte mir eine Telefonzelle suchen müssen. Vielleicht wäre das die einfachste Sache gewesen, sie einfach zur Rede zu stellen. Ich hatte den größten Teil meines Lebens noch vor mir und sie auch. Warum nicht in einem Gespräch alles bereinigen? Selbst wenn bei dem Gespräch nichts herauskäme, könnte jeder aus den gegenseitigen Spiegelungen etwas gewinnen. Es fiel mir schwer, mich auf diese Fragen zu konzentrieren. Ich dachte an die Vorbereitungen für meine Philosophieklausur, die ich in eineinhalb Monaten den Studenten stellen musste. Ich hatte plötzlich keine Lust mehr, mich mit Fabienne auseinanderzusetzen. Sollte sie doch bleiben, wo der Pfeffer wächst. – Aber das war leicht gesagt. Sie war in mein Leben geraten, und ich musste sie wieder da heraus bugsieren. Sind meine Erinnerungen überhaupt richtig? Hieß sie wirklich Fabienne? Erinnerungen schlafen und werden dann plötzlich hochgespült. Ich ging tatsächlich in eine Telefonzelle und rief sie an. Zuerst war die Mutter am Apparat, dann sie. „Geh aus der Leitung", rief sie ihrer Mutter durchs Telefon zu. Offenbar hatten sie einen Doppelanschluss, damit jeder mithören konnte.

„Warum studierst du eigentlich Philosophie?" fragte ich.

„Ich will näher an die Universalien!"

„Der Universalienstreit ist bis heute nicht gelöst", sagte ich.

„Dann näher an das Blut", sagte sie, „an mein eigenes! – Ich habe offenbar Kräfte, von denen ich selbst nichts weiß. Und ich möchte gerne wissen, woher die kommen."

„Die kommen nicht aus dem Jenseits, die kommen aus dir selbst. – Du bist eine ganz normale junge Frau, die die Welt erkennen will, aber die Philosophie liefert dir das Thema."

„So doch nun auch nicht", sagte sie, „ich habe durch dich mehr über mich selbst erfahren, als ich dachte, oder besser, was ich ahnte. Es fing damit an, dass ich mich gegen meine Mutter wehren musste. Für die war ich ein Nichts. Ich bin aber kein Nichts, ich bin jung, klug und attraktiv; vielleicht ein bisschen mannequinmäßig, und ich kann kochen, so gut wie die dicken Frauen!"

Ich merkte, dass sie eigentlich auf einem guten Weg war. Aber ein bisschen pubertär kam mir ihr Gerede doch vor. Ich war gespannt, wie sie bei der Abschlussklausur abschneiden würde. Ich würde die Klausur leichtmachen, sechs Fragen, zu jeder Frage ein kleiner Essay, der die Frage beantworten sollte.

Ich setzte mich gleich hin und entwarf die Fragen:

Ordnen Sie die verschiedenen Aussagen den im Kurs besprochenen erkenntnistheoretischen Positionen zu und begründen Sie diese in einem kurzen Essay.

1. Da alles um uns herum vergänglich und der Zeit unterworfen ist, so kann es wahre Erkenntnis nur in einer unkörperlichen Sphäre geben, die nur dem reinen Denken zugänglich ist und nicht den Sinnesorganen. 2. Wenn ich einen Menschen als „Epileptiker" klassifiziere (bezeichne), so gibt es „die Epilepsie" auch unabhängig davon, ob sie vom Menschen wahrgenommen wird oder nicht, da wir die Welt so wahrnehmen, wie sie wirklich ist. 3. Wer sagt mir, daß die Wirklichkeit nicht nur ein Traum ist? Niemand! Wer kann mir für alle Erkenntnis größtmög-

liche Sicherheit garantieren? Niemand! Ich beanspruche also auch gar nicht, die Wahrheit zu wissen. Es hat zu viele Theorien gegeben (gibt sie noch), die falsch waren und die dennoch erstaunlichen Erfolg hatten (haben). 4. Welches sind die „Wesensmerkmale" des Wassers, das so viele unterschiedliche Aggregatzustände hat? Keine? Aha! Es gibt also Bereiche, wo ich die „Wesensmerkmale" nicht erfassen kann. Deshalb müssen „Wesensmerkmale" und Strukturen von uns selbst kommen. 5. Wenn ich etwas über den Zusammenhang zwischen den Berufswünschen eines Abiturienten und dem Beruf seiner Eltern aussagen soll, so ermittele ich dies statistisch, nachdem ich zuvor Stichprobenbefragungen durchgeführt habe. So komme ich zu einer wahren Aussage von hoher Wahrscheinlichkeit.

KAPITEL 10

*N*ach der Arbeit ging ich noch einmal den Berg hoch. Ich drehte eine Runde und sah mir das Gelände an, wo meine Studentin und ich aus- und eingingen: Der übervolle Parkplatz, wo die Studenten auch in den Biegungen geparkt hatten, so dass man kaum vorbeikam. Das winzige Sparkassenhäuschen, eigentlich nur ein Geldautomat, die Schranke mit dem Wächterhäuschen, das immer unbesetzt war. Fahnen knatterten im Wind. Dann ging es hinunter zu dem Videoautomaten, der die Mensagerichte anzeigte, nach links zu den großen Hörsälen und Seminarräumen. In die Vertiefungen zwischen den Brücken, die beide Wege links und rechts der Uni verbanden, hatte man Bambussträucher gepflanzt. Auf der gegenüberliegenden Seite das Bistro, gelb von der weißen Häuserfront abgesetzt, und natürlich die Futterkrippe, die Mensa! Links die Unibibliothek, in der die Studenten in die Luft starrten; ich hatte in Unibibliotheken nie etwas Vernünftiges zustandegebracht. Auf der anderen Seite wieder die großflügligen Hörsäle hinter schöner moderner Fassade. Ein weißes Eckhaus, ein ehemaliger, gut ausgebauter Kasernenbau. In die Hörsäle konnte man während der Vorlesungen hineinsehen. Die

Kurve hoch zum Bronnenstück. Aber ich bog nach links und ging ein Stück weiter. Rechts der Kraftraum, wo hübsche Frauen und muskulöse Männer gemeinsam trainierten. Der Werkraum links, für eine Uni ziemlich groß. Und dann wieder die Straße. Das Wächterhäuschen war immer noch leer. Und der immer noch knallvoll besuchte Parkplatz. „Das Bewusstsein ist keine hinlängliche Waffe ...“ – War das Goethe, der das gesagt hatte?

Wieder zu Hause, kochte ich mir erst einen Kaffee. Bevor ich mich an die Klausuren begab, hörte ich auf das Blubbern der Kaffeemaschine und genoss den köstlichen Geruch, obwohl ich sonst nur Tee trank. Ich stellte die Kaffeetasse ganz links auf meinen Schreibtisch, zog den Stapel mit Klausuren zu mir heran und fingerte IHRE aus dem Zettelhaufen heraus. Sie hatte auch die Frage zum Universalienstreit beantwortet, die freiwillig war. – Ich erschrak, als ich den Zettel zur Hand hatte und das von ihr Geschriebene las. – Im Schreibtischstuhl begann ich sorgsam, den Korrekturstift in der Hand, zu korrigieren. Aber ich kam gar nicht zum Korrigieren, das Gelesen faszinierte mich derart, dass ich es nach der Lektüre weglegte und nachdachte. Die Neugier hatte mich übermannt. Sie hatte die Fragen, besonders die zum Konstruktivismus, gut beantwortet. Ich zitiere hier einen kurzen Satz von ihr: „Der Konstruktivist geht davon aus, dass nur Einzeldinge existieren, dass alle Klassifikationen, Gattungen und physikalische Gesetze Kunstprodukte des menschlichen Geistes sind. Es sind seiner Ansicht nach ‚bloße Namen‘; daher auch der Name Nominalist. Diese Kunstprodukte des Geistes hat der Mensch kreativ konstruiert, um mit ihrer Hilfe eine Zeitlang besser mit der Welt umgehen zu können."

Das hätte mir eigentlich schon genügen können, aber sie hatte noch eine Abhandlung über die Universalien hinzugefügt.

Unter anderem stand da: „Dann bin ich ja auch Gottes Schöpfung und mit den Mitmenschen aufs Tiefste verbunden. – Ich bin Gott!" – Das hatte doch Bruloff schon gesagt! Dass sie sich zu dem Gedanken getraut hatte. „Die Bibel ist die höchste Autorität. Gott lebt in der dauernd sich vollziehenden Schöpfung, besonders im von Gott erfüllten Menschen. – Was heißt von Gott erfüllt? Bin ich nun Gott oder nicht? Ich, Fabienne, merke es doch daran, dass ich etwas bewirken kann, ohne etwas dazu zu tun. – Aber Duns Scotus lehrte doch, dass nicht der Wille von der Vernunft, sondern die Vernunft vom Willen abhängig ist. – Der Wille Gottes ist absolut frei. Die Sätze der Theologen müssen einfach geglaubt werden. Das Individuelle liegt metaphysisch viel tiefer als das Allgemeine. – Ich bin ein Individuum!!!"

Was sollte ich zu diesen Sätzen in einer Uniklausur sagen? Es war liebenswert. Es schien ihr um den Begriff der Diesheit zu gehen. Aber diese Begriffskonstruktion überstieg wieder meine Vorstellungswelt. War sie des Satans? – Aber daran glaubte wohl weder ich noch sie. Ich hatte vor vielen Jahren den Film „Carrie" gesehen. Da hatte man erkennen können, was aus einem jungen Mädchen, das sich nicht mehr verstand, werden konnte. Was heißt übrigens „Das sich nicht mehr verstand?" – Die Sophismen sind die Sophismen, und der, der – vielleicht von frühester Jugend an – an sie glaubt, den ergreift es. Ich würde mir den Film noch einmal ansehen.

Es gab ihn noch im Buchhandel, und einen Tag später war er da. Ich rief Fabienne an und bat sie, den Film mit mir zusammen anzusehen. Sie zögerte, suchte nach Ausflüchten, sagte, sie käme nicht mehr allein in meine Wohnung, und sagte schließlich zu. Vielleicht war sie einfach zu neugierig gewesen. Auch esoterische Frauen sind neugierig. Ich holte sie ab. Sie setzte sich neben mich auf mein Brühl-Sofa, und dann ließen wir den Film laufen. – Ich fragte, ob ich eine Flasche Wein aufmachen solle? Sie trank keinen Alkohol. – Und der Sangria damals? – Nun ja, wir ließen es auf sich beruhen. Sie saß in ihrem roten Jogginganzug, sie hatte sich nicht die Mühe gemacht, sich umzuziehen, die Beine hochgezogen, auf dem Sofa. Gemütlichkeit, wie sie einer jungen Sächsin ziemten.

„Meine Mutter wäre mitgekommen, aber ich habe ihr nichts von dem Treff gesagt", sagte sie, als der Vorspann lief.

Ich musste den Film noch einmal anhalten. „Hast du meine Klausur schon gelesen?" fragte sie schläfrig.

„Noch nicht", sagte ich, ich wollte Privates und Universitäres nicht verbinden. „Der Freund damals, wer war das eigentlich?"

„Ist schon vorbei", sagte sie, „mehr als mit dir war da auch nicht."

Ich sagte ihr noch, dass es ein Film über eine junge Frau war, die ihren okkulten Fähigkeiten nicht gewachsen war.

„Macht mir nichts aus", sagte sie, „Okkult, Okkult, was soll das? – Ich bin doch ein normales menschliches Wesen, mit allen positiven Eigenschaften. Vielleicht bist du selbst so ein Mensch, schließlich hast du dich für meine Versuche empfänglich erwiesen. Das haben nicht alle gemacht. Durch solche Filme kriegt man erst den Mut, alles mögliche zu probieren, auch wenn du von Kräften sprichst, die einer zur Verfügung hat."

KAPITEL 11

*I*ch hatte viele junge Studentinnen, die Allmachtsphantasien hatten. Sie waren so jung, so kraftvoll, so voller okkulter Ideen. Sie wollten die Welt erobern, und dazu war ihnen jedes Mittel recht. Das war kein Wahn. – Etwas Ähnliches sagte ich ihr.

„Der Untertitel ‚Des Satans jüngste Tochter' macht mich ganz kirre", sagte sie. „Früher hat man solche intelligenten jungen Frauen als Hexen verbrannt."

Der Film lief endlich an.

Als wir ihn zu Ende angesehen hatten, sagte ich: „Ein junges Mädchen, das von ihrer Umgebung hineingerissen wird und sich mit seinen außersinnlichen Kräften wehrt. – Bis hin zum Tod! Was sagst du zu dem Ganzen?"

„Das war ein Schreckensfilm in der Art eines Stummfilms", sagte sie, „der mit einem Turnreigen junger Mädchen anfing. Viel nackte Mädchenhaut, und Steven King musste für das Buch herhalten. Die Kamera mit voyeuristischer Langsamkeit, langatmiges Abseifen des ganzen Körpers. Das Mädchengehabe: Blut, Blut und immer wieder Blut. Eigentlich dürfte den Film eine Zweiundzwanzigjährige nicht sehen, Mädchen in knapper Unterwäsche ziehen immer. Keinerlei Filmexperiment, standardisierte Fotografie. Das Gesicht von Sissy Spacek: Damit kannst du dich bestimmt identifizieren in allen seinen Nuancen. Die Schockszenen werden auch vorsichtig eingeblendet. – Völlig ohne Zweck!"

„Hat dich der Film an Hitchcock erinnert?"

„Ein Hitchcock-House, Hitchcock-Musik: Wo hat der das her? – Es ist schwer für eine junge Frau, sich aus der pubertären Zwittersituation in ein Mädchen zu ‚verwandeln'. – Ist das überhaupt eine Verwandlung? – Da hat sich der richtige Schlangenbeschwörer gefunden. Dämon? – Wenn es Dämonen nur gäbe. ‚Was habe ich falsch gemacht?' fragte ich mich beim Ansehen des Films. – Satan als Erklärung zu suchen, ist heute so leicht wie vor dreihundert Jahren. – Das Schulszenario übertrieben. – Der Film lebt von den Carrie-Sequenzen. Auf die man während der langen, langweiligen Episoden wartet. Der Kontrast zwischen der jungen Frau, die sich in den Okkultismus vertieft und das dümmliche Erzählen. ‚Das Geschehene ist es' – als ob es so etwas gäbe. Immer wieder Amerika 1977. Das Amerikanische interessiert keinen! – Nur der Satan!"

„Hat dir Sissy Spacek gefallen?"

„Das Meiste ist Seifenoper: Obwohl sogar John Travolta mitspielt! Sissy Spacek hat ein außergewöhnliches Gesicht! Das ist trotzdem ein Film für richtige Blödmänner, hat mit uns nichts zu tun, ich bin viel weiter im Kopf. Die zwei Handlungsstränge haben eigentlich auch nichts miteinander zu tun, außer einem bisschen Kontrast! – Das Gespräch über den Schulball, das Ekel-, aber nur Ekelszenario mit dem Schweineblut. – Ich weiß nicht, wie viele Menschen sich den Film heute noch im Kino ansehen würden. – Das stimmungsträchtige Gewitter! – Der Film muss ja symbolisch arbeiten, damit es dem Letzten noch ins Unbewusste dringt. – Die junge Schauspielerin wird völlig mit ihrer Rolle identifiziert. – Die Mutter macht Hospitalisierungsbewegungen, während die Tochter im Zimmer alles erzählt. – ‚Du siehst fantastisch aus!'"

„Fandest du nicht zu viele Klischees?"

„Der dumme Slogan: ‚Wie Outsider malträtiert werden!' – Sie lebt auch ohne Vater. Der Ball: zu amerikanisch. Der Vater ist abwesend und anwesend! Schlechte Ideologie durch den ganzen Film: Wer einmal Außenseiter ist, dem wird's gegeben. Sissy Spaceks aufgerissene Augen! – Das blöde Gesicht des blondlockigen Verführers. Man weiß schon alles vorher. – Die Mutter ist krank. – Warum hat Carrie nicht ‚gewusst', dass der Eimer mit Schweineblut über ihrem Haupt hing? Die Geschichte musste weitergehen! Wie kann ein Film nur auf pure Schadenfreude und Blutangst setzen? Das lange Hinauszögern bei der Auslösung des Eimers an der Decke!"

„Ein richtiger Kitschfilm?"

„Erst wackelt der Eimer! – Dann lässt sie ihre Kraft freiwerden, und der Eimer fällt dem Verführer auf den Kopf und tötet ihn. In der Not kann man immer außersinnliche Kräfte freimachen, habe ich selbst schon erlebt! Ohne das Chaos am Ende des Balls bliebe der Zuschauer unbefriedigt zurück. Die fiktive Gerechtigkeit muss siegen. – Trotz allzu düsterem Ende! Der alte Mythos, mit dem man den Durchschnittsmenschen befriedigt: Die Hexe stirbt den Feuertod. Fast! – Alle Beteiligten sterben. Das ist mehr als Christus-Mythos! Gerhard Hauptmann: I hob mei Kind erwürgt (Rose Bernd). Mussten wir in der Schule lesen! Ich verstehe Goethe, der sagt ‚Blut ist ganz besonderer Saft'. In der Badewanne mit rotgefärbtem Wasser."

„War dir das nicht zu dramatisch?"

„Die Mutter, die ihre eigene Lebensfrucht zu erstechen versucht. Mit Freude und Lächeln auf dem Gesicht! – Von der Tochter mit Wurfmessern erledigt!! Einfach so: Jemand wehrt sich! Die Mutter stirbt wie der Heilige Sebastian, den man in einer der ersten Sequenzen auch sah!"

„Und die Moral vom Ganzen?"

„Die Sünde wird mit dem Hauseinsturz bestraft. Natürlich kommt der Heilige Sebastian noch einmal wieder: mit blinden Augen! Geschmacklos die Szene auf dem Kirchhof. Und die Aufschrift auf dem weißen Grabkreuz: ‚Carry burns in hell!' In Hitchcocks ‚Vögeln' ist es die Mutter, die die Vögel verrückt macht. Hier ist es nur eine junge Frau, die die Welt in Unruhe versetzt!"

„Man kann es einfach nicht erklären!" sagte ich.

„Muss man denn alles erklären können? – Zu den Dingen an sich, noumena, wie Kant sie nennt, dringen wir doch nie durch. Erklären heißt nur auf einer höheren Abstraktionsstufe über die Dinge reden. Außerdem verstellt uns die Sprache den Weg dorthin. Weißt du, was Wittgenstein gesagt hat, obwohl ich ihm nicht zustimme: ‚Die Sprache verkleidet den Gedanken!' Ich habe heute Nacht geträumt, wo mein Vater ist", fuhr sie fort, „er muss in München sein, denn ich träumte von einer Art großer Betonmischmaschine, aus der er sich herauszuwinden versuchte. Die Maschine stand in München auf einer Baustelle."

Ich träumte in letzter Zeit selbst sehr viel wirres Zeug, und an Freud glaubte ich schon lange nicht mehr, der war ein Esoteriker wie der Mann, der den Film gedreht hatte.

„Wir können ja mal nach München fahren und nach der Maschine suchen", sagte ich.

„Mit dir fahre ich nirgendwohin, ich will mein Studium zu Ende bringen. Danach werde ich wohl in der Werbung landen."

„Ist dir irgendwas aus dem Traum in Erinnerung, die Umgebung, das Umfeld?"

„Es war jedenfalls bekanntes Gebiet", sagte sie, „und ein Trümmergrundstück, aus dem Pflanzen hervorwuchsen!"

„Das ist die Umgebung, in der ich aufgewachsen bin", sagte ich, „nachdem meine Eltern aus Süddeutschland kamen. – Vielleicht habe ich deshalb eine so große Affinität zur Philosophie."

KAPITEL 12

„*D*u denkst eher fernöstlich", erwiderte sie, „,ich reite den Ochsen und gehe zu Fuß' hat Buddha gesagt. – Das bist du!"

„Wie klingt das Klatschen einer einzelnen Hand?" fragte ich zurück. „Gehen wir dem Traum einmal nach. München kann es nicht sein. Also vielleicht der Osten. Litauen oder so. – Aber was soll er da? Die erkennen doch da unsere ganze westliche Ausbildung nicht an. Er hat gar keine Lebenschancen. – Wo ist er denn geboren, dein Vater?"

„Hier", sagte sie, „in Hillscheid, am Rande des Westerwalds, wo jetzt noch meine Großmutter wohnt."

„Ich hatte noch einen anderen Traum", fuhr sie fort, „der schien mir der tiefere und bestürzendere zu sein."

„Was soll dieses Tischrücken", erwiderte ich, „erzähl' den Traum!"

„Ich weiß nicht, ob ich ihn richtig zusammenbekomme, aber ich war in einer großen Kunsthalle, in der die Türen und Fenster hoch oben an der Wand saßen. Mein Vater hatte sich in einem der angrenzenden Räume versteckt, und als wir ihn fanden, flüchtete er und sprang in eine vorbeifahrende Tram, und wir verloren ihn aus den Augen. Ich fühlte mich ein wenig an die Alt-Muhler Uni erinnert und dachte manchmal, das ist Bonn. Wir fanden seine Spur wieder und er kletterte einen Baum hoch, der da stand."

„Der Ort, den du beschreibst, kann nur Bonn sein. Die Uni, die Bäume im Hofgarten. Von einem Schloss war keine Rede?"

„Doch", sagte sie, „ein Schloss!"

„Er war ein guter Manager", fuhr sie fort, „und vielleicht ist er ja bei der dortigen Uni angestellt. – Aber wie die Stecknadel im Heuhaufen finden?"

„Du könntest mir helfen", fuhr sie fort, „wir haben beide außergewöhnliche Fähigkeiten."

„Aber hier braucht man Sachkenntnis, Geduld und vor allem ein dickes Fell."

Wir kannten uns jetzt eine Zeitlang. Ich war gern gesehener Gast in ihrer Familie und sogar ihre Großmutter ließ mich ihr Misstrauen nicht spüren. Was sollte ihre Enkeltochter mit einem zwölf Jahre älteren Mann? Beide, Mutter und Großmutter, wollten, dass Fabienne eine richtige Film- und Schlagerjugend erlebte: La Boome I und II, da saßen sie zu dritt auf der Trösser-Couch mit hochgezogenen Knien und schauten sich die Filme an. Ich habe mich der Festlichkeit verweigert. So war ihr Leben damals. Dass sich Fabienne für Philosophie eingeschrieben hatte und höhere geistige Werte anstrebte, nahm man einfach nicht zur Kenntnis. Sie hatten mich auch einmal mit Ines durch die Einkaufszone stapfen sehen, und das beförderte ihr Misstrauen. Was wollte ich von dem Mädchen, dessen Attraktivität nach allgemeinen Maßstäben so gar nicht zu ihrem Studienfach passte? – Ich nahm sie mit zu Bruloff, und er sagte uns, wir sollten heiraten. Je jünger, desto besser. Er verabschiedete uns schnell, es sei der einzige Rat, den er uns geben könne, wenn wir uns nicht noch anders besönnen. Der Altersunterschied spiele keine Rolle, hatte er beim Abschied gesagt und uns noch einmal die Lektüre von „On That Side of Awakening" empfohlen. – Abends würde ich wieder in dem Buch blättern. Dieser egomanische Wälzer! – Aber der hatte doch bei mir etwas zuwege gebracht. Meine Philosophie war jetzt so ziemlich die Philosophie Bruloffs.

Aber vorher stand ihr Vater auf dem Tapet, und wir beschlossen, gemeinsam nach Bonn zu fahren. Auf gut Glück, denn allein würde ich ihn nicht erkennen, obwohl ich das Bild mit dem spitzen Kinn und dem schwammigen Gesicht gesehen hatte.

„Er hat einen Bruder, der lebt in Bonn", fiel ihr plötzlich ein, „wenn wir zu dem Kontakt aufnähmen. Die Adresse habe ich nicht, aber die kriegen wir bestimmt beim Einwohnermeldeamt."

Er wohnte in Tannenbusch in einem winzigen Häuschen mit Vorgarten und war ein Mann auf der schlechten Seite des Lebens: Er schaute wie der alte Kant (obgleich kein Philosoph, sondern Angestellter bei den Stadtwerken), blaue Lippen, und man sah, dass sein Herz nicht in Ordnung war. – Er sprach Siegburger Dialekt, sagte immer statt „ei" „eeei". Das Wort „meinen" konnte er gar nicht so aussprechen, dass man es verstand.

„Ich habe zu Heinz keinen Kontakt mehr", sagte er auf meine Frage. „Hätte er sich nur nicht mit dem Gesindel eingelassen …" – Er meinte Fabiennes Mutter.

Wir sahen, dass wir nicht weiterkamen, hatten aber eine Adresse, die uns vielleicht half. Ich hatte mir einen

Blick auf sein Bücherregal erlaubt und fand lauter esoterische Titel. Hatte es Fabienne doch von der väterlichen Seite? – Wir beschlossen, einmal im Hotel zu übernachten, um morgen weiterzusuchen. „Aber zwei Zimmer", sagte Fabienne mit unbewegtem Gesicht. – Ich hatte Bruloffs Buch dabei und las ihr vor dem Abendessen eine Zeile vor: „Time ist contiguity that spreads, then it ist called continuity!"

Mein Gott, der kreierte ja den Übermenschen in sich selbst! – Und so einer sollte ich werden? Das wollte ich nicht. – In der Nacht träumte ich von überlaufenden Kaffeemaschinen und verbrannten Brötchen. Aber das Frühstück im Hotel war ganz manierlich, und hinterher berieten wir, wie wir vorgehen sollten. Das Hotel lag in Endenich, und wir beschlossen, einen kleinen Abstecher ins Studentenwohnheim Ulrich-Haberland-Haus zu machen, wo ich während meines Studiums in einem kleinen Zimmer gewohnt hatte. Es war ein siebenstöckiges Hochhaus, in dem jetzt auch einige Appartements eingerichtet waren. Endenich auf den Höhen mit seinen weiten Feldern erinnerte mich an Margendorf, einen Stadtteil von Alt-Muhl. Wir gingen an den Gemüsefeldern vorbei, bis Dransdorf und Roisdorf und fuhren dann mit dem Bus zurück nach Bonn. Der halbe Tag war vergangen, ohne dass wir etwas erreicht hatten. Plötzlich im Bahnhofsrestaurant sagte Fabienne, der Bonner Bahnhof sehe dem großen Gebäude in ihrem Traum ähnlich. – „Er muss hier angekommen sein." Das war eine klägliche Spur, aber Bonn setzte sich doch in unseren Gehirnen fest. Da wir hier nichts mehr ausrichten konnten, fuhren wir einen Tag später wie vorgesehen nach Alt-Muhl zurück. – Die Uni nahm mich wieder gefangen, und Fabienne sah ich eine Zeitlang nicht mehr.

Ines und ich ließen es uns in meiner Wohnung gutgehen, und ich verbrachte die Zeit mit Lesen, Korrigieren und damit, mich bekochen zu lassen. Ines kochte gut, genausogut wie Fabienne. – Inzwischen war ich auch mit den Klausuren fertig geworden, aber eine so tiefsinnige und originelle Klausur wie Fabiennes hatte ich unter ihnen nicht gefunden. Die Einzelfragen waren ja schnell beantwortet, aber über die freiwillige Frage zum Universalienstreit hatte sie alleine geschrieben.

Drei Wochen später war das Semester zu Ende, und es zog mich und Ines nach Südfrankreich in einen Ort namens Cavalière sur Mer, der auf keiner Karte zu finden war. Fabienne hatte in der Nacht unserer Bonnreise von Südfrankreich geträumt. Cavalière sur Mer war ein kleiner Ort direkt an der Straße gelegen. Wir fanden eines der wenigen Hotels, bei denen man nur über die Straße zu gehen brauchte, um am Strand zu sein. Vor uns das Meer, hinter uns die Seealpen. Hier würden wir es wohl noch ein paar Tage oder zwei bis drei Wochen aushalten. Ines, die für Siemens in der Auslandsabteilung arbeitete, sprach französisch wie eine Einheimische, und so hatte auch ich mit meinen paar Brocken keine Verständigungsprobleme. – Wir fuhren die Côte entlang bis Monaco und sahen uns die großen Hotels mit den Luxusschlitten an. Was sollte das alles für einen Unidozenten, der sich nebenbei mit esoterischer Philosophie beschäftigte. – Ich hatte mir die Schriften Agrippa von Nettesheims mitgenommen und lernte, zum ersten Mal übrigens, seine Schrift „Do occulta philosophia" kennen, eine neuplatonische, mit Alchemie,

Magie und Kabbalistik durchsetzte Philosophie. 1913 war das Buch zum ersten Mal ins Deutsche übersetzt worden. Ja, das wäre etwas für Fabienne gewesen, die sich bestimmt durch die zwei Bände hindurchgearbeitet hätte. Agrippa war in Grenoble gestorben, und das war gar nicht so weit von hier.

KAPITEL 13

Wie es weitergehen sollte, wusste ich nicht. An der Uni wollte ich um jeden Preis bleiben, denn die Philosophie machte mir Spaß. – Aber der Gedanke an Fabiennes Vater beschäftigte mich nach wie vor. Kann ein Traum einen an den Ort führen, wo sich der Verschwundene befindet? Gab es Wachträume? Hellsehen? – Agrippa hatte das bejaht. Aber der mir angeborene Skeptizismus blieb doch. Jeder Mensch kann auf vielerlei Weise an allen philosophischen Richtungen teilhaben. Er kann Skeptiker sein, Konstruktivist, Essentialist, Platoniker oder ein Anhänger der induktiven Sätze wie sie die Sozialwissenschaften hervorbringen. So einer war ich. Und Fabienne befand sich auf einem guten Weg dorthin. Ich ging nicht in meine Wohnung, die mich im Augenblick am Nachdenken hinderte, sondern für eine Nacht in ein Hotel in der Rizzastraße. Das Zimmer war meine Mönchszelle, und waren die Scholastiker, die so klug um Gott herum geredet hatten, nicht auch Mönche gewesen? – Ich ging nach dem Frühstück zu Reuffel hinüber und kaufte mir ein Buch über scholastische Philosophie. Wenn sie keine Angst vor der Kirche gehabt hätten, hätten die Scholastiker Gott widerlegt. Aber das brauchten sie gar nicht. Denn die Konsequenzen aus ihren Überlegungen führten zur Widerlegung Gottes. Und als ich die Obere Löhr heraufspazierte, traf ich wie durch Fügung auf Fabienne. Sie wollte sich bei Reuffel ein Philosophiebuch kaufen, das sie am Vortag bestellt hatte.

„Im Urlaub mit deiner Frau?" fragte sie. Sie nannte Ines immer meine Frau.

„Du wolltest ja nicht", erwiderte ich.

„Hast mich ja gar nicht gefragt! – Ich habe in einer Schraubenfabrik gearbeitet." – Jetzt sah ich, dass ihre Hände und Fingernägel vollkommen verschmutzt waren. So konnte ich sie in keine Konditorei einladen.

„Ich lade dich ins Café Baumann ein", sagte sie auf mein verdutztes Gesicht hin, „du wirst dich doch nicht etwa schämen. Ich bin jung und schön. Nur meine Fingernägel sind etwas dreckig. Du weißt doch, dass Marx gesagt hat, dass ichferne Arbeit entfremdet."

Ich besann mich nicht lange, sondern ging mit. Wir fanden einen freien Platz vorne an der Schaufensterscheibe und besahen uns die Vorübergehenden, die auch zu uns hineinsahen. Nun musste ich ein zweites Mal frühstücken, denn sie hatte noch nichts gegessen.

„Was Neues von deinem Vater?" fragte ich.

„Nein", sagte sie, „der Oma geht es nicht gut. Fahr mich mal hoch nach Hillscheid, da können wir sie gemeinsam besuchen."

Ich hatte mich immer unwohl auf der kleinen Couch mit den Hängeschränken dahinter gefühlt, sagte aber trotzdem für den morgigen Nachmittag zu. Die Oma war nicht wirklich krank, nur etwas schwächlich. Vielleicht lag es auch daran, dass sie zu dick geworden war. Ihre trüben

Augen in dem länglichen, faltigen Gesicht sahen mich matt an. „Sieh mal an", sagte sie, „sieh mal an, wer da kommt! – Hätte ich nicht mehr geglaubt."

Sie rappelte sich auf, kochte uns einen Kaffee und schnitt den Kuchen in kleine Stücke. Der Kuchen der Oma war für Fabienne das Größte. – Wie kam ich hier nur wieder raus?

„Ich hab' noch einen dringenden Termin in der Uni", sagte ich, „oder kann Fabienne hierbleiben?" – Sie konnte, und ich fuhr allein zurück.

Auf meinem Anrufbeantworter war ein Anruf von meinen Eltern, mit denen ich mich nicht sehr gut verstand. Sie hatten mir die Wahl meines Studiums verübelt („brotlose Kunst"), ich sollte lieber Lehrer werden, mit Beamtenstatus und Pension. Wenn es mir gelingen würde, mich zu habilitieren, hätte ich das alles, sobald ich eine feste Professur bekäme. – Ich rief gar nicht zurück, sondern legte mich aufs Bett und grübelte. Was zog mich eigentlich an der Philosophie an? – Es brauchte sie doch keiner! – Specht hatte immer gesagt: „Wir fragen: Was machen die Wissenschaftler da?" – Das war seine Erkenntnistheorie. Und damit hatte er recht. Das war das Einzige, was man zum Vorteil der Philosophie sagen konnte. – Die Sophismen, wie sie die Scholastiker oder Spinoza verbreitet haben, konnte man überall herbekommen.

Ich legte mich wieder aufs Sofa und grübelte. Der Traum mit dem hohen Gebäude, der Bahnhof Bonn, die Oma! – Wie passten diese Dinge zusammen? Der Kernpunkt war, dass ihr irgendjemand das Studium finanzieren müsste. Sie musste doch ein Konto haben, oder gab ihr die Oma das Geld in bar? – Ich schämte mich, dieser jungen Frau, die zu mir eine esoterische Beziehung aufgebaut hatte, hinterher zu spitzeln. Vielleicht wusste sie sogar, wo ihr Vater war und steckte mit der Oma unter einer Decke. – Aber dann hätte sie nicht die traumatisierende Fahrt mit mir nach Bonn unternommen! – Es musste noch etwas anderes geben, dass sie vor mir verbarg. Dieser weichliche, gefütterte Ausdruck auf ihrem Gesicht, wenn sie manchmal etwas sagte. Aber sie log so gut wie nie. – Ich log ja auch nicht, und von meiner Freundin Ines wusste Fabienne. Ines war eigentlich meine Frau, aber wie sie über Fabienne dachte, wusste ich nicht. – Ich wusste ja selbst nicht, wie ich über Fabienne dachte. Sie war eine junge, mental starke Frau. – Und wenn ihre Kunst auch brotlos war, so war sie doch in dem Fach richtig. Wenn sie Fortschritte machte und ich mich habilitierte und schnell an eine Professur kam, könnte sie sogar bei mir promovieren. Ob wir uns jemals näherkommen würden als bisher, war dahingestellt, aber eher abwegig. – Ich mochte sie trotzdem. Sie war so intelligent, so wissensdurstig und so der Metaphysik verbunden. Meta ta physica, das Buch, das bei Aristoteles hinter der Physik kam. Heute versteht man darunter, auf den Flügeln der Gedanken ins Ungefähre aufzuschweben. Der Begriff wird ungeheuer missbraucht, das wusste auch Fabienne! Swedenborg hätte sich gefreut. Swedenborg war derjenige, der im 18. Jahrhundert seine privaten Klopfgeister beschrieben hatte, so wie das Leben im Jenseits, das unserem Erdenleben fast vollkommen glich. Kant hatte gegen diese „Träume eines Geistersehers" seine „Kritik der reinen Vernunft" geschrieben und gezeigt, dass der menschliche Verstand und seine sprachlichen Syllogismen der Außenwelt nicht gewachsen sind. Goethe kam später und sagte: „Wir sind selbst die Außenwelt! – Eine Trennung in erkennendes Subjekt und Sinnesdaten, von denen wir affiziert werden, hat keinen Sinn." So soll sich also die Philosophie der Sprachkritik widmen, aber das Untersuchungsobjekt Sprache und das Instrument der Untersuchung, wieder Sprache, sind identisch. Das kann und muss nur in Paradoxien führen. Und so beherrschen Paradoxien unsere Welt. Die Politik, die Naturwissenschaften, die Geisteswissenschaften, und mit Hilfe der Syllogismen wird die sogenannte Erkenntnis den verschiedenartigsten, auch persönlichen Interessen zunutze gemacht.

Kapitel 14

*I*ch verbrachte jetzt öfter Zeit mit Fabienne, manchmal im Ebert-Café, wo, wie sie sagte, die philosophische Inspiration über sie kam, ein anderes Mal unten auf den Rheinwiesen. In letzter Zeit hatte sie ein paarmal einen breitschultrigen Mann mitgebracht, älter als ich. „Ein Freund", hatte sie wieder gesagt. Ihr Vater konnte es nicht sein. Er trug den holländischen Namen van Delft. Er wich nicht von Fabiennes Seite, und es war offensichtlich, dass er sich für sie interessierte. Er sprach viel von der Bad Neuenahrer Spielbank, auch davon, dass er dort viel Geld gewonnen habe. Wie konnte der Typ bei dieser esoterischen, mannequinähnlichen Philosophiebesessenen landen wollen? – Ob er ihr Geld gab? – Wenn er dabei war, wechselten wir nur ein paar harmlose Worte. Etwas Bedeutenderes habe ich ihn nicht sagen hören. – Er hatte eine große Sozialwohnung in der Hohenzollernstraße, die ihm aber nicht zustand, und lud dahin ein. Wahrscheinlich dachte er, ich gehe, und er könne dann mit Fabienne allein sein. Ich tat ihm aber nicht den Gefallen und um halb ein Uhr nachts bestellte er ein Taxi.

„Wo hast du den denn aufgegabelt?" fragte ich bitter.

„Ein Freund! – Wir haben uns beim Zahnarzt kennengelernt. Er ist auch Zahnarzt und hat mir schon sehr geholfen, übrigens auch mit Geld. – Meiner Mutter darf ich davon gar nichts sagen."

„Wollte er etwas?" fragte ich.

„Nicht dass ich wüsste! – Der nimmt mich so wie ich bin. – Wie du!"

Ich glaubte es nicht. Der Typ war ein Draufgänger, und wenn er wartete, dann nur, um es noch bestimmter zu versuchen.

Er lud uns alle nach Neuenahr ein, und wir spielten zu dritt Roulette. Ich verlor, er gewann. Fabienne setzte gar nichts. Vielleicht wollte sie ihr Glück nicht herausfordern. Nach dem Spiel fuhr er erst mich nach Hause, dann Fabienne. Ich machte mir Sorgen. Aber ich wusste, sie hatte so starke Kräfte, dass ich meine Sorgen bald vergaß. Am nächsten Morgen traf ich sie in der Uni und fragte: „Na, wars eine schöne Nacht?"

„Gar nichts", sagte sie, „nicht die Bohne! – Der Typ hat allesmögliche versucht, aber nichts erreicht."

Irgendwann würde sich einer bei ihr durchsetzen, aber ich glaubte nicht ein Philosoph, sondern einer, der im Schwimmbad mit aufgeblasenen Muskeln herumlief. – Die hatten auch eine Philosophie, meistens auch eine esoterische, aber ohne Verstand. – Dieser van Delft schien dazuzugehören, denn er hatte außergewöhnlich breite Schultern. – Ich beschloss, ihn mir einmal näher anzusehen. Er hatte eine Ausbildung als Dentist, arbeitete aber im Sommer im Schwimmbad als Bademeister. Von dieser hübschen philosophisch geschulten Frau würde sich wohl jeder anwerben lassen, wenn sie ihn für irgendetwas brauchen konnte. Es war die erste Gelegenheit, bei der ich Fabienne mit einem älteren Mann erlebte, der nicht zu ihr passte. Den hatte sie! – Hatte Bruloff nicht von einer Heirat zwischen uns gesprochen? – Aber das war Nonsens. Bruloff riet jedem Paar zum Heiraten. Er glaubte, mit der Ehe und den kommenden Kindern, auf die man einfach „wartete", sei alles gelöst. – Fabienne hatte einen Schlüssel zur Wohnung van Delfts und lieh ihn mir aus. Wir kannten uns schon so lange. – Vielleicht war ja van Delft ihr Vater. Der Name war jedenfalls gut gewählt.

Die Wohnung war groß, mit modernen dänischen Möbeln eingerichtet, und ich hoffte, er käme nicht zurück, während ich mich hier umsah. Ein paar Bücherregale, die frei im Raum standen, und vor dem überdimensionalen Fernseher zwei kleine Holzsessel. Die Tür eines schmalen Tresors stand halboffen, und ich sah Bündel von Geldscheinen, von denen ich ein paar wenige an mich nahm. Van Delft würde den Verlust bestimmt nicht bemerken. – Wir warfen es nicht in den Gully, sondern machten uns einen fröhlichen Nachmittag. Aber van Delfts Identität hatten wir nicht herausbekommen. Warum hatte er sich hinter diese junge Person geklemmt? Hatte er eine Gesichtsoperation machen lassen? Er hatte ganz kleine Narben hinter den Ohren. – Vielleicht doch der Vater, der auf diese Weise seinem Kind nahe sein wollte. – Ich hatte das Gefühl, van Delft würde sie nicht so schnell in Ruhe lassen. Die Möglichkeit aber, dass er ihr Vater sein konnte, schwand immer mehr aus meinem Bewusstsein. – Da klopfte eines Tages die Polizei bei mir an. Einer der Geldscheine aus van Delfts Tresor, die wir den ganzen Nachmittag verjubelt hatten, war nicht echt gewesen. Und im Ebert-Café war ich bekannt. – Ich sagte, wir hätten die Scheine regulär bei der Bank abgehoben, was ein paar Tage vorher auch tatsächlich der Fall gewesen war. Aber ich bemerkte an dem beredten Schweigen der Polizisten, dass sie mir nicht glaubten. – Nachweisen konnte man mir jedenfalls nichts. – Vielleicht hatte Fabienne mit ihren okkulten Fähigkeiten den Verdacht einfach weggezaubert.

Als ich am nächsten Morgen zur Uni auf die andere Rheinseite fuhr, sah ich am Briefkasten vor dem Haus einen Mann, der sich wegdrehte und sich unauffällig eine Zigarette anzündete. Er trug einen Hut. So wollte man mir also auf die Schliche kommen! – Dass das Geld aus van Delfts Tresor stammte, konnte niemand vermuten, es waren lauter Fünfziger gewesen.

„Van Delft ist doch mein Vater, ich spüre es", hatte Fabienne mir im Vorbeigehen in der Uni zugeraunt, „ich habe letzte Nacht von ihm geträumt. Ich habe geträumt, er sei Kant und wollte ihm für einen schönen Abend Manschettenknöpfe kaufen. Die Knöpfe gab es nur in einem kleinen Geschäft in der Stegemannstraße. Ich fuhr mit dem weißen Passat meines Vaters hin. Meine volle, prall gefüllte Geldbörse ging nicht zu. Nach langem Suchen fand ich doch ein paar Manschettenknöpfe. Die Verkäuferin ging nach hinten, und ich dachte: Warum soll ich sie nicht stehlen, bezahlte und verschwand aus dem Laden. Draußen wird der weiße Passat meines Vaters gerade abgeschleppt. Er ist es, wenn er hier ist, und warum er sich sein Gesicht hat verändern lassen, weiß ich auch nicht."

KAPITEL 15

*I*ch gab nicht sehr viel auf solche Träume, sollte sie vielleicht eine engere Beziehung zu van Delft haben, als sie vor mir zugab? – Oder doch nicht? – Sie war ja das personifizierte Bewusstsein, das philosophische Bewusstsein, das Selbstbewusstsein selbst.

„Warum hast du nicht mal versucht, ihn darauf anzusprechen?" fragte ich.

„Eigentlich traue ich ihm nicht", antwortete sie. Es war klar, dass er sich von ihr angezogen fühlte und die Vater-Tochter-Tour kochte.

„Hat deine Mutter ihn auch kennengelernt? – Besucht er dich da?"

„Nach Hause lasse ich ihn nicht kommen. Wir treffen uns in der Stadt. Er hat sehr viel für mich getan und gibt auch einiges für mich aus."

Ich hatte mich schon über ihre neuen, teuren Klamotten gewundert, besonders über einen altgrünen neuen Overall. – Sie trug Overalls, um ihre Magerkeit zu verdecken.

„Verlangt er nichts dafür?"

„Er macht Andeutungen, aber ich tue so, als verstünde ich sie nicht."

Das war einer Philosophin würdig.

„Er hat mich auch schon nach Gran Canaria eingeladen", fuhr sie fort, „aber ich sagte, mein Studium sei mir wichtiger. Ich will ja schließlich einmal Professorin werden."

„Sieh mal an", sagte ich, „dann sind wir ja Konkurrenten! – Hier in Alt-Muhl werden wir nie eine Professur erhalten."

„Ich geh', wenn ich muss, auch nach Sri Lanka."

Sie hatte schon immer weggewollt! – Weg aus der Wohnwelt mit der bestickten Wohnzimmerlampe, der Kupferplastik an der Wand und dem riesigen Fernseher, damals ein Sondermodell.

„Wir schaffen uns gegenseitig unser Publikum. So wie ich dich einschätze!"

„Im Augenblick bin ich noch von dir abhängig. Aber das wird nicht immer so bleiben. Ich bin zu gut!"

„Hat sich eigentlich van Delft noch mal gemeldet?"

„Er wird zudringlich. Wenn es nach ihm geht, läuft es auf eine Beziehung hinaus!"

Damals hörte man im Radio oft noch ein Lied von Peter Maffay: „Rocky"! Ich sang ihr eine Zeile vor: „… ich weiß nicht, ob ich das bringe!"

Sie sagte nur ein Wort: „Schmalz!"

„Ich wollte dich doch nur ein bisschen aufziehen", erwiderte ich, „vielleicht können wir herausbekommen, woher deine Oma das Studiengeld bezieht. – Du bekommst es doch bar, oder?"

„Ja", sagte sie. Es ging ihr nicht ums Geld, sondern um ihren Vater. Van Delft hatte sie längst abgeschrieben. Der machte auch Anstalten, Alt-Muhl zu verlassen.

„Wenn deine Großmutter das Geld von einem Kurierdienst bekommt, muss es trotz allem irgendwo ein Konto geben", sagte ich.

„Konto ist wahrscheinlicher", sagte sie.

„Ich kenne jemand bei der Sparkasse", sagte ich, „der kann sich ja mal umhören."

„Wäre schön, wenn ich so an meinen Papi käme!"

Wir bekamen die Kopien der Kontoauszüge eine Woche später. Das Geld für die Großmutter kam tatsächlich aus Bonn.

Wir beschlossen van Delft zu überwachen. Wenn er nochmal nach Bonn führe, würde er bestimmt die Filiale der Bank aufsuchen, die das Geld auszahlte. Er hatte uns geflüstert, dass er jetzt mal einen Tag weg sei, und kurz vor acht kam er aus seiner Wohnung und stieg in den Riviera-Express. Der hielt ausnahmsweise in Bad Godesberg, und er stieg aus. Wir blieben in vorsichtiger Entfernung. Er checkte in ein Hotel ein, und wir nahmen uns eins in der Straße daneben. „Aber nicht aus den Augen verlieren", sagte Fabienne. Nach dem Abendessen fuhr er mit dem Taxi los, wohin wussten wir nicht. Wir ließen uns aufs Gradewohl nach Bonn chauffieren, und am Bahnhof, wo wir ausstiegen, lief er uns über den Weg. Er ließ sich am Postschalter vor dem Bahnhof Geld auszahlen. Wir verfolgten ihn bis zum Kaiserplatz, wo er in den Bücher-Karren stöberte, und als er ein paar abgegriffene Krimis bezahlen wollte, fiel ihm ein abgegriffener Ausweis aus der hinteren Hosentasche. Es war ein Wehrpass der französischen Fremdenlegion, ausgestellt auf den Namen von Fabiennes Vater, Heinz Melsdorf. – Ich dachte an Leyhausen, Fabienne auch. – Und als wir am nächsten

Tag wieder, nach einer Hotelübernachtung, nach Alt-Muhl zurückfuhren, war unser erster Weg ins Polizeipräsidium. Van Delft gab gleich alles zu. Ja, er und Heinz seien Kameraden gewesen und hätten zusammen in der Wüste gekämpft. Eines Tages sei Heinz von einem Patrouillengang nicht zurückgekommen, nur seine Uniform und seine Ausweise hatten sich gefunden. Er selbst habe mit dem Gedanken gespielt, in die Identität seines Freundes zu schlüpfen, er bereue es einfach. Das Bild der Tochter in den Unterlagen sei so liebreizend gewesen. Ja, er sagte „liebreizend". Van Delft stand unter Mordverdacht, aber Mord konnte man ihm nicht nachweisen. Trotzdem kam er in Untersuchungshaft. – Aber die Frage stand unbeantwortet im Raum, warum Fabiennes Vater das alles getan hatte.

Die Fremdenlegion wird weltweit dort eingesetzt, wo der französische Staat seine Interessen militärisch wahrnimmt oder verteidigt. Sie ist Zuflucht für alle, die ausbrechen oder sich eine neue Identität zulegen wollen. Kommandoeinsätze, Häuserkampf, Terrorismusbekämpfung. Es war schon etwas Außerordentliches, dass damals jemand, der ausbrechen wollte, noch in die Fremdenlegion ging. Die Stärke der Legion beträgt ca. neuntausend Mann. Die Auswahlkriterien sind überdurchschnittlich streng, und ich fragte mich, wie dieser Mann mit dem schwammigen Gesicht und dem spitzen Kinn es geschafft hatte. Van Delft mit seinen breiten Schultern traute ich es auf den ersten Blick zu. War seine Dienstzeit von fünf Jahren überhaupt vorbei, war er, vielleicht wie Fabiennes Vater, desertiert? – Wenn das der Fall war, verzichtete er auf seine Pension.

„Krieg ist ganz einfach", hatte van Delft bei seiner Vernehmung gesagt, „wer schneller schießt, gewinnt! – Mein Wille ist jedenfalls nicht gebrochen worden. Was nicht tötet, härtet eben."

Die Nähe zu einem solchen Vater und dessen Freund konnte man nur verstehen, wenn man in die Philosophie ging. – In der Nacht nach diesen ganzen Unruhen lag sie bei mir im Bett und gab mir einen Kuss auf den Hals. Aber es war nur ein Traum. Eine Schimäre, aber eine schöne. Ich war froh, dass ich nur geträumt hatte, aber es waren meine Wünsche gewesen.

KAPITEL 16

*I*hre Mutter erfuhr natürlich alles, aber sie zeigte sich ungerührt. Wir fuhren einen Tag später zu Bruloff in die Eifel. Er riet uns nicht mehr zu heiraten, sondern gab uns sein Buch mit, in dem er eine Passage angestrichen hatte. Er sagte, die Hellsicht, das Blut, die Philosophie, alles stimme bei der Tochter. Was hatte Fabiennes Vater ins Ausland, in den Kampf mit den Einheimischen und in die nächtlichen Überfälle getrieben? Geldmangel? Aber er verdiente im Management ja genug! Dann kann es nur die Frau gewesen sein! Fabiennes Mutter! – Die hatte schon gegen mich zu allen Mitteln gegriffen. Sie wollte nach oben. Der Vater wollte bleiben wo er war, solange, bis er es nicht mehr aushielt und die Flucht ergriff. Die Flucht in die Legion, Frau und Kind ließ er zurück.

Als letztes erinnere ich mich, wie sie im Philosophieseminar über Analogien sprach. Sie war zu einer Verehrerin von Wittgenstein geworden und verteidigte mit aller Macht die Aussage, dass alle sinnvollen Sätze unserer Sprache Wahrheitsfunktionen von Elementarsätzen seien. Wittgenstein gibt nirgendwo ein Beispiel für einen solchen Satz.

So bleibt von ihrem Vater nur der afrikanische Kontinent. Ein Übermaß an Stille und der plötzlich anschwellende Kampflärm. Die Überfälle und alle anderen Nuancen des Guerillakrieges. Not und Verantwortung für die Kameraden, Tee in der Wüstenwelt.

Zu Hause las ich die Stelle, die mir Bruloff in seinem Buch angestrichen hatte. Sie lautete: „Matury in Man serves the purposes of the human species as it does in any species!"

Ein paar Jahre später sah ich sie mit ihrer Mutter auf der Oberen Löhr. Sie trug einen roten Stoffmantel, lächelte. Beide hatten gerade im Café Baumann ihren Lieblingskuchen, Butterstreusel, eingekauft, und ich überlegte, ob ich mich ihnen nicht eröffnen sollte. Sie waren an mir vorbeigegangen, ohne mich zu erkennen.

Jens Korbus, 1943 in Ostpreußen geboren, studierte in Bonn und Düsseldorf Germanistik und Philosophie und schrieb seine zwei Staatsarbeiten über Heinrich Heine und Max Frisch. Er war eine Zeitlang Assistent am Germanistischen Institut der Universität Düsseldorf und unterrichtete Deutsch und Philosophie an einem Koblenzer Gymnasium. 1988 war er 1. Preisträger bei dem Fachinger Kulturpreis für seinen *Brief an Goethe*.

Weitere Bücher von Jens Korbus

Jens Korbus
Das Geschenk & Karlsbad tanzt
ISBN 978-3749433322
€ 8,90 (Taschenbuch)
€ 2,99 (Ebook)

Jens Korbus
Mein Goethe
ISBN 978-3752832297
€ 15,90 (Taschenbuch)
€ 6,49 (Ebook)